U0096826

茅盾研究
八十年書系

錢振綱・鍾桂松◎主編

宋炳輝◎著

46

茅盾：
都市子夜的呼號

花木蘭文化出版社

國家圖書館出版品預行編目資料

茅盾：都市子夜的呼號／宋炳輝 著 — 初版 — 新北市：花木
蘭文化出版社，2014〔民103〕
目 2+158 面；19×26 公分
（茅盾研究八十年書系：第46冊）
ISBN：978-986-322-736-6（精裝）
1. 沈德鴻　2. 傳記
820.908　　　　　　　　　　　　　　　　　103010659

中國茅盾研究會《茅盾研究八十年書系》編委會

主　　編：錢振綱　鍾桂松

副主編：許建輝　王中忱　李　玲

特邀顧問：

邵伯周　孫中田　莊鍾慶　丁爾綱　萬樹玉　李　岫

王嘉良　李廣德　翟德耀　李庶長　高利克　唐金海

茅盾研究八十年書系
第四六冊　　　　　　　　　　　　ISBN：978-986-322-736-6

茅盾：都市子夜的呼號

本書據上海教育出版社 2000 年 5 月版重印

作　　者　宋炳輝
主　　編　錢振綱　鍾桂松
總 編 輯　杜潔祥
副總編輯　楊嘉樂
編　　輯　許郁翎
出　　版　花木蘭文化出版社
社　　長　高小娟
聯絡地址　235 新北市中和區中安街七二號十三樓
　　　　　電話：02-2923-1455／傳真：02-2923-1452
網　　址　http://www.huamulan.tw 信箱 hml 810518@gmail.com
印　　刷　普羅文化出版廣告事業
初　　版　2014 年 7 月
定　　價　60 冊（精裝）新台幣 120,000 元

茅盾：都市子夜的呼號

宋炳輝 著

作者簡介

宋炳輝，博士，博士生導師，上海外國語大學「211 工程」特聘教授，《中國比較文學》常務副主編，中國比較文學學會常務理事兼青年學術委員會主任，中國現代文學學會、中國當代文學學會理事，上海比較文學研究會副會長兼秘書長。著有《方法與實踐：中外文學關係研究》、《視域與方法：中外文學關係研究》、《弱勢民族文學在中國》、《文學史視野中的中國現代翻譯文學》、《想像的旅程》、《徐志摩傳》等專著十餘部。主要從事中國現當代文學、中外文學關係和比較文學研究。

提　　要

　　《都市子夜的呼號》聚焦於作家的生命與創作歷程和一個城市之間的關係。作為中國現代著名作家、翻譯家、文學及社會活動家、中國共產黨早期領導人，茅盾與上海這個現代都市之間的有著密切的關係。作者分三個時期展開論述：初居上海（1916-1925）：交錯在政治與文學之間的人生選擇；再居上海（1925-1929）：從革命漩渦中分離出來的人生反省；三居上海（1930-1948）：子夜時分呼喚黎明的人生追求。全書力圖通過對歷史史實的甄別、爬梳和分析，勾勒出茅盾在上海 34 年漫長生活中的個人成長與這座現代城市發展變遷的聯繫：一方面，多元文化交匯的現代上海，為茅盾提供了生存發展和施展才能的舞臺；另一方面，他又在複雜的歷史情景中，經歷了身心的矛盾、彷徨和選擇，並以其特有的信念抱負和艱苦勤勉的努力，為這座現代城市乃至整個民族的現代政治、文化和文學的發展，做出了重大的甚至難以替代的貢獻，由此也折射出中國現代知識分子與現代城市和民族現代化之間雙向互動的關係。

目

次

上編：初居上海（1916～1925）
　　——交錯在政治與文學之間的人生選擇……… 1
第一章　商務印書館新來的年輕人 ………………… 3
第二章　開拓新文學陣地 …………………………… 15
第三章　文學研究會的批評家 ……………………… 25
第四章　政治與文學的交錯 ………………………… 41

中編：再居上海（1925～1929）
　　——從革命漩渦中分離出來的人生反省 ……… 53
第五章　走進大革命風暴 …………………………… 55
第六章　幻滅的況味 ………………………………… 67
第七章　迷茫中的反思與求索 ……………………… 81

下編：三居上海（1930～1948）
　　——子夜時分呼喚黎明的人生追求………… 89
第八章　傑出的左聯評論家 ………………………… 91
第九章　都市子夜的畫卷 …………………………… 103
第十章　與魯迅並肩戰鬥 …………………………… 113
第十一章　黎明前的呼號 …………………………… 127
結　語 ……………………………………………… 145
後　記 ……………………………………………… 147
主要參考書目 ……………………………………… 151

1922 年時的茅盾

茅盾的故鄉浙江烏鎮

1918 年茅盾在上海　　　　　　五四時期的茅盾

茅盾與秦德君 1930 年攝於上海

茅盾與孫女

茅盾夫婦攝於上海寓所大陸新村6號門前

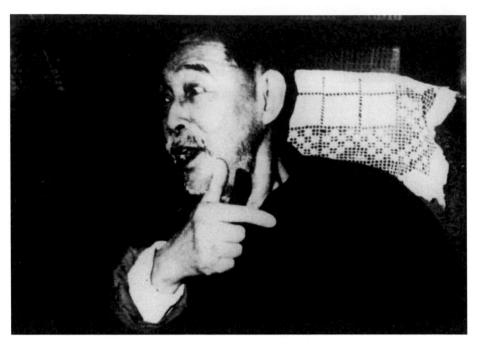

1981 年晚年的茅盾在寓所會客

茅盾手跡

《子夜》各種外文版

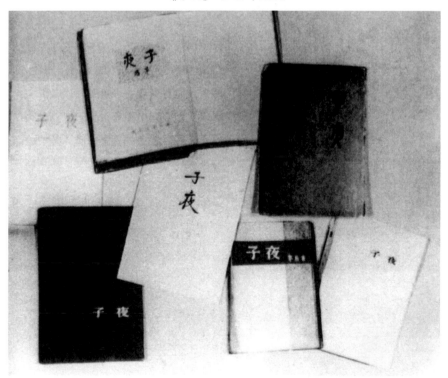

《子夜》各種中文版

上編：初居上海（1916～1925）

——交錯在政治與文學之間的人生選擇

第一章　商務印書館新來的年輕人

一

　　1916 年，茅盾正好 20 歲。按照中國傳統看法，這個年紀正是成人的開始。這一年，剛從北京大學預科畢業的茅盾，正式踏進了上海這個東方大都市，開始了他那充滿艱辛而又布滿輝煌亮點的人生之路。

　　這一年，中華民國剛剛跨入第六個年頭，民國大總統袁世凱決計違逆歷史潮流，一意恢復帝制，自立年號爲洪憲。在全國一致的討袁聲中，做了 83 天皇帝的袁世凱終於在惶恐中死去。但隨之而來的將是十多年的軍閥混戰和民生凋敝，中華民族經歷著從未有過的混亂。同時，也正是在這黑暗與混亂之中，新生的希望在慢慢地孕育。

　　上海，自 19 世紀開埠以來到當時，已有 70 多年的歷程，至此已成爲全國現代化程度最高的城市。全國的政治、經濟和文化的巨大變動，都以特殊的方式與這個位於長江出口的通商城市發生密切的聯繫。它是一座不同於中國傳統都市的現代城市。封建時代的大都市如唐代的長安、宋代的汴梁、明清的北京等大多是封建國家的行政中樞，是封建政治的集散地。它們既是皇權發號施令的場所，也是被皇權控制得最嚴密、體現皇權意志最充分的地方。而上海從開埠之初起，就有一種中國封建都市的異類色彩。

　　上海的開埠，與西方列強的大炮有關。1845 年，列強在上海建立了中國最早的「租界」。租界的建立，成爲近現代上海不同於傳統中國城市的一大特色，它是上海政治、經濟和文化的一個極其重要的因素，它不僅使這個原本只是一個漁村的灘塗很快成爲遠東地區的現代大都市，而且也是中國這一古

老帝國與西方文化直接碰撞交融時間最早、程度最高的一塊飛地。因此，租界的建立，使上海開埠之初就具有了兩個特色：第一是區別於作為政治中心的傳統都市的商業都市；第二是租界區作為西方資本主義的生長地而存在，西方人可以直接輸入其政治、經濟和文化方式。於是，上海從一開始便在相當程度上弱化著封建皇權的政治與文化控制，發展著資本主義的工商業和文化。這就為現代化進程中的中國提供了政治、經濟和文化的新的直接演示的場所，也為各種新生的社會力量的孕育、生存和發展創造了空間。「國中之國」的租界，為當時懷有各種不同理想的維新人士和革命志士都提供過保護，因而它在政治上成為中國人反對封建制度的重要基地。蔡元培先生曾說過：「蓋自戊戌政變後，黃遵憲逗留上海，北京政府欲捕之，而租界議會以保護國事犯自由，不果逮。自是人人視上海為北京政府權利所不能及之地。演說會之所以成立，《革命軍》、《駁康有為論革命書》之所以能夠出版，皆由於此。」自 1911 年 11 月辛亥革命上海光復之後，從維新派到革命派，從後來的國民黨到共產黨，從各種政治勢力到各種不同的文化派別，不僅在這裡頻繁活動或者以此為主要的活動基地，而且通過租界的報刊書籍等現代傳媒的仲介，都先後在這裡一顯其風采，並以此輻射和影響全國。當時的上海作為全國最大的工商、金融城市和文化程度最高的城市，雖然與它的「黃金時代」──30 年代相比還有一段距離，但一個商業化、多元化和大眾化的文化空間已初具形態。「上海商業的發達，使報紙容易獲得培植的原動力」（胡道靜《上海的日報》）。自 1872 年第一份商業報紙由外國人創辦以來，《新聞報》、《時事新報》、《商報》、《大晚報》等華資報紙紛紛湧現，在讀者中產生了廣泛的影響，上海作為全國最大的新聞紙中心的地位已開始確立。同時，報刊業的發達，使以普通市民為讀者對象的通俗文藝和文化日漸繁榮，《小說月報》、《民權素》、《婦女雜誌》、《禮拜六》等雜誌紛紛創刊，截至茅盾來上海的前一年，上海的通俗文化已形成本世紀的第一個高峰；而陳獨秀主編的《青年雜誌》（第二卷起改名為《新青年》）也在這一年創刊於此，使上海成為醞釀新文化運動的極其重要的南方基地。

採擷 1916 年在上海發生的幾個並不起眼的事件，也可以折射本書的主人公茅盾即將進入的這個現代東方大都市的時代氛圍。

1 月，淞滬警察廳致函上海報業工會，規定上海各報必須以洪憲紀年。這個代表北洋政府的行政命令，在這個五方雜處的十里洋場卻引來了一片嘲罵

之聲。幾乎同時，爲反對袁世凱復辟帝制，後來成爲國民黨黨報的《民國日報》在中華革命黨人邵力子、葉楚傖的主持下在上海創刊；上海赫然成了反袁討袁的南方重鎮之一。沒過幾天，便傳來袁世凱被迫取消帝制的消息。

3月13日，《申報‧自由談》發起特別徵文：「自由談中現特行徵求遊戲文章筆記及應時短篇小說，一經錄用，照下例酬贈：一、每千字六元；二、四元；三、二元。」至此，上海的許多報刊社和書局，都已採用了稿酬制度，一個商業化的文化出版市場已率先形成。這不僅表明當時上海言論空間的相對寬鬆，而且顯示了另一個重要信息：稿費制度已開始建立。稿費制度的建立爲現代文人取得獨立的社會地位提供了物質保證，進而爲他們的思想和人格獨立創造了前提。

1916年8月初的一天，十里洋場的上海正是赤日炎炎。一位二十來歲學生模樣的年輕人，正行色匆匆地走在車水馬龍的河南路上。他身材略顯瘦小，穿一件淺竹布長衫，腳蹬圓口千層底青布鞋。他就是剛剛從北京大學預科畢業的沈雁冰，也就是後來在中國現代文學史上赫赫有名的茅盾。

上海，這個冒險家的樂園，對此時的茅盾來說還很陌生。三年前中學畢業時，茅盾曾來上海報考北京大學預科，住在一個遠房親戚的山貨行內。考試完後，曾去城隍廟玩過一次；後來接到北大的錄取通知，在赴京上學時路過上海，又在這裡逛過幾家書鋪，還買了一部他十分喜愛的石印本《漢魏六朝百三家》。不過，那兩次都有人陪著。三年後的今天，他獨自一人走在這上海的大街上，周圍的一切都是那樣新鮮和令人激動，他分明聽到了自己撲撲的心跳。他懷裡揣著一封信，這封信將決定他今後的生活和命運，也使他從此與上海這座城市結下了不解之緣。

茅盾原名沈德鴻，字雁賓，後改名爲雁冰。1896年7月4日出生於浙江桐鄉縣烏鎮。父親沈永錫中過秀才，卻無意爲官，而是跟著岳父學醫，並喜好聲光化電等西學，愛讀維新派革命黨的進步書刊，是個開明的舊式儒醫。母親雖不曾正式拜師讀書，但也因家庭的影響而讀過不少古典詩書和一些新學西著，同時又賢淑能幹，是一位賢妻良母。

茅盾父母十分注重對兒子的教育，不願讓他就讀私塾，繼續圍於學而優則仕的傳統成材之路。8歲那年，茅盾便進了烏鎮最早的新式小學讀書。也就在這一年，父親一病不起，兩年後便撒手人世。臨終前他給兒子留下這樣的遺囑：中國大勢，除非有第二次變法維新，便要被列強瓜分；而不管興國還

是亡國，兩者都要振興實業，都需要理工人才；如果不願在國內做亡國奴，有了理工這個本領，國外到處可以謀生。譚嗣同的《仁學》是一大奇書，你一定要細讀。大丈夫當以天下爲己任，你一定要有這樣的抱負！

父親的遺囑裡包含著這樣兩層意思：一是要兒子立下大志，做個經天緯地的大丈夫；二是希望兒子將來學理工，從事實業，如果將來國運昌盛，則乘時勢做一番大事業；如果國運晦暗，則退而謀一個好職業。對兒子前程的這番進退有據的設計，真可謂用心良苦。茅盾後來的人生之路，雖然並沒有完全按照父親的遺願去走，但也並沒有使遺訓落空。他在中國現代文學和文化史上的成就，在中國現代革命史上的實踐活動，不僅完全可以告慰其父的在天之靈，而且其具體的生命歷程與影響，更是他的父親所無法預料的。

父親過世後，守寡的母親獨自擔負起扶養兩個兒子（弟弟沈澤民，後投身中共領導的革命事業）的重任。少年茅盾也並沒有讓辛勞的母親失望，他先後以優秀成績畢業於中小學。1913 年夏，當 18 歲的茅盾從杭州私立安定中學畢業時，便再次面臨著升學與就業的選擇。照當時當地的習慣，家境清貧的人家，孩子在中學一畢業，就該去做學徒或謀一份職業來養家，何況他又是早年喪父的長子。但知書達理的母親心裡早有打算：她存在錢莊裡的一千兩銀子的陪嫁，連本帶利，給兄弟倆平分下來，茅盾還可以用這筆錢讀三年書。於是她力排眾議，堅持讓兒子投考北大預科。後來證明，北大預科的三年學習，對茅盾來說是至關重要的；要不然，兒子至多不過是個少爲人知的商人沈雁冰，而不會是蜚聲中外的作家茅盾了。

在少年時代決定茅盾一生命運的轉折中，除了母親的明智決定外，另一個人也起了極其重要的作用，他就是茅盾的表叔盧鑒泉（學溥）。還在茅盾父親剛剛過世時，家族中就有人嘮叨著：好去紙店做學徒啦（紙店是在茅盾父親名下的一份遺產）。盧表叔將茅盾的考卷送給他的祖父母看，上面有盧表叔親自批加的密圈和讚語。茅盾後來才意識到盧表叔這一舉動的意義，這既是爲了自己的前途著想，同時也減輕了家族成員對母親的壓力。茅盾在北京大學預科學習的三年期間，盧表叔正在北洋政府財政部任公債司司長，他是茅盾在北京的唯一親人。盧表叔不僅給予他生活上的照顧，對他的學業也十分關心。他推薦茅盾閱讀了二十四史，認爲它是中國的百科全書。三年的寒暑假，茅盾沒有回鄉探親，就是住在盧表叔家裡與二十四史相伴。今天，茅盾懷裡的那封決定他將來命運的信，就是這位盧表叔託人寫的一封求職介紹信。

　　還在茅盾臨近畢業的時候，母親在家早已操心兒子的前程了。那筆陪嫁的存款已經用完，書是無法再讀了。於是，她就寫信給盧表叔，讓他替茅盾找一份合適的職業。所謂合適，在他精明的母親眼裡有一個特別的標準，那就是不要去官場，也不要去銀行。因為政界與商界，富家子弟多，易沾染不良習氣。對茅盾這樣出身寒門的讀書人來說，最好莫過於在學界謀一份職業，那裡風險較小，且可以憑自己的才智獲得生存和發展的機會。

　　恰好在這時，商務印書館北京分館的經理孫伯恒，為了爭取承印由政府發行的大量公債券，有意結交盧鑒泉。盧表叔便乘此機會向他提出茅盾的職業問題。孫經理一口應承，並當即給商務印書館的總經理張元濟親書一信。盧表叔也手書一封交與茅盾，內附孫經理的引薦信，並囑他趕快去上海見張總經理。這樣，青年茅盾背上行囊，匆匆離開了慈母和故鄉，來到這十里洋場，走上了獨立謀生的道路。

二

　　當年的商務印書館雖然還沒有發展至它的全盛期，但也已經是一家全國聞名的出版機構了。它雖然是一家民營企業，但自從 1902 年張元濟進館並任編譯所所長後，以其淵博的學識、開明的思想和成功的經營策略，逐步將商務印書館建設成一個集編輯、研究、出版、印刷和發行為一體的綜合性文化出版機構，在全國的教育和文化界擁有很高的聲譽。從民國後的新式《共和國教科書》上，茅盾很早就知道它的名字了；後來商務相繼創辦的《東方雜誌》（1904）、《小說月報》（1910）、《少年雜誌》（1911）和《學生雜誌》（1914），都擁有許多讀者；商務編的《英華大辭典》、《辭源》等大型辭書，在學界也很有影響。能在這樣的地方找到一份職業，對青年茅盾來說真是再好不過的了。

　　茅盾揣著孫伯恒的那封介紹信，來到位於河南路的商務印書館發行所，拜見總經理張元濟先生。這次會面的過程富於戲劇性，也給茅盾留下了極深的印象。即使到了晚年，茅盾還能夠十分清晰地描繪出自己初到商務印書館時的情景。

　　茅盾風塵僕僕地走進發行所後，就徑直找總經理辦公室，不料被門口一位職員攔住。那人將他上下打量了一番，從樸素的打扮上，估計他不是什麼有身份的人，便冷冷地說：「你在這裡等著罷。」年輕氣盛的茅盾遭此冷遇，

心裡不服，也還以冷冷的一句：「我不能等。這裡是孫伯恒的信。」一聽「孫伯恒」三字，那人立即面帶笑容地問道：「是北京分館的孫經理麼？」茅盾也不答，只是取出信來，將印有「商務印書館北京分館」的信封對那人一晃。那人一見信封上的字，臉上的笑容更濃重了，客氣地說：「請，三樓另有人招呼。」

三樓道口的那人一開始也打官腔：「先登記！什麼姓名？」「沈德鴻。」「三點水共字的洪麼？」「不是，燕雀安知鴻鵠之志的鴻。」那人不知出典，搖頭表示不解。茅盾又說：「是翩若驚鴻的鴻。」那人瞪大了眼睛，更是茫然。此時旁邊一位候見的人插話道：「是江鳥鴻。」登記者聽了，皺一皺眉頭，說：「江鳥鴻，人人都懂，你偏不說。什麼事？也得登記。」茅盾拿出那個大信封來，登記人接過一看，霍地站起來，口裡念道：「面呈總經理張台啟商務印書館北京分館孫。」頓時滿面笑容地說：「我馬上去傳達。」並立即將已登記進去了的人帶出來，躬身讓茅盾先進去。茅盾不覺暗自好笑，心想，這商務印書館好大的派頭，不知總經理的威嚴又如何呢！

總經理張元濟倒是沒有架子，甚至還相當客氣。他簡要詢問了茅盾讀過什麼英文和中文書，便當即打電話給編譯所英文部部長鄺富灼，將茅盾安排在英文部工作。他還讓茶房頭目用自己的專車送茅盾到位於寶山路的編譯所。事後茅盾才從先他入館的同事那裡知道：館內幫派林立，裙帶關係嚴重，就是編譯所也不例外。茅盾是坐總經理的車，由茶房頭目送來的，一開始的工資也比同資歷的同事高些。於是他被認為是與總經理沾親帶故之人，受到另眼相看。茅盾解釋不清，只有一笑置之。

就這樣，在這個即將成為南方新文化運動中心之一的商務印書館，青年茅盾開始了他的人生旅程。對他而言，能夠進入商務印書館，其中不乏偶然性，他後來終於成為中國新文化與文學史上的重要人物之一，在很大程度上也是得益於這一文化環境的造就。他晚年回憶道：「真想不到後來卻在這個編譯所中呆了九年。這九年中，世界的變化，中國的變化，我個人的變化，在1916 年尾我的頭腦裡當真沒有一絲一毫的預感。」但從另一個角度說，茅盾從一個普通的青年學生成長為一個新文化的著名人物，又與他個人的努力與奮鬥是分不開的，商務的環境只不過為他提供了成長發展的有利條件。

就在茅盾進館約一個月後，有一件事使他的工作發生了變動。這一變動，也許已孕育了他日後的脫穎而出。一開始，他被安排在新設立的英文函授學

校改學生的課卷。這項工作對茅盾來說是很輕鬆的，雖說有點枯燥，但英文部的同事之間用英文會話的習慣，倒正可彌補茅盾讀書時英文會話能力較弱的缺陷。有一天，他隨手翻閱了當時商務正在發行的《辭源》，發現其在編撰方面有不少缺陷。便忍不住給張元濟寫了一封信，提出要修正、完善引文出處，不斷增加新名詞及逐年修訂《辭源》等一系列建議。張元濟頗為欣賞青年茅盾的才識，當即將信批轉給編譯所所長高夢旦核辦。高夢旦第二天就約茅盾談話：「你的信很好！總經理同我商量過，你在英文部非用其材，想請你同所裡的孫毓修老先生合作譯書，你意下如何？」這樣，茅盾便從英文部調到了國文部，不再整天批改那些寄來的英文課卷，而是正式開始了編譯工作。晚年茅盾在回憶錄中說道：說老實話，這封信我是隨便寫的，寥寥二百字。如果我想炫才自薦，可引經據典，寫一二千字呢。這樣的解釋恐怕與當時的情形並不完全相符。剛當上學徒的茅盾寫這封信給只見過一面的總經理顯然不是隨便為之的，即便不是炫才自薦，但也明顯包含了自我證明的成分。這也符合他當時年少氣盛的心態，表明自己並不是依靠裙帶關係立身的；而在張元濟與高夢旦對此信的反應中，除了惜才的因素外，也含有這種判斷的成分。這次工作變動對茅盾的成長不能不說是至關重要的，但這也使茅盾意識到，與當時的官場、商場相比，商務到底是一個重視才能的地方，從而更增強了他苦讀勉學的動力。

三

　　孫毓修是個版本目錄學家，專門為商務印書館的圖書資料館——涵芬樓鑒別版本的真偽，譯書只是閒暇為之；而且茅盾後來知道，他的英文功底也並不很好，所以他也不以譯家自居。他舉止矜持，頗有名士派頭。第一次見面時，他對茅盾說：有部書我譯了三章，懶得再譯了。我的譯筆與眾不同，你能否續譯？茅盾見此書是卡本脫的《人如何得衣》。再一看他的譯稿，所謂譯筆與眾不同，是類似於林琴南式的縮寫意譯，只是比林譯更偏離原著，而且文字是用騈體。但原著既是科普通俗讀物，這種譯法倒也無妨大礙，茅盾覺得自己不妨一試。三天後他便將譯完的一章送給孫毓修看。孫接過稿子時，帶點輕視的口吻說：「到底年輕人精力充沛，出手快。」但看了幾頁，面色嚴肅起來，說：「真虧你，居然也能仿我的騈體來譯，乍一看，似出一人手筆。」他盤讀再三，只改得幾個字，就把稿子歸還茅盾：「你譯下去罷！」一個半月

後，此書全部譯完。孫毓修頗感意外，試探著問茅盾：「版權頁上是寫你我合譯呢，還是你譯我校？」茅盾說：「只用你一人的名字就好。」孫毓修見茅盾這樣謙虛，心下很是讚賞，稍一沉吟道：「好，就這麼辦。」此後如法炮製，茅盾又譯了同一作者的《人如何得食》、《人如何得住》。

有一次，孫毓修見茅盾在讀《困學紀聞》，頗為驚異：「你還喜歡考據之學？」茅盾說：「談不上考據之學，我只是個雜家而已。」孫毓修更驚異不已，問茅盾還讀過什麼書，茅盾說：「我從中學到北京大學，耳所熟聞者，是『書不讀秦漢以下，文章以駢體為正宗』。涉獵所及，有《十三經注疏》、《先秦諸子》、《史記》、《漢書》、《後漢書》、《三國志》、《漢魏六朝百三家集》、《資治通鑒》、《昭明文選》也曾讀過兩遍。至於九通、二十四史中的其他各史、歷代名家詩文集，只是抽閱若干章節而已。」聽了這話，孫大為驚訝，猜想茅盾定是名門望族的子弟，於是對茅盾更是刮目相看。

譯完這三本小書，孫毓修要茅盾編《中國寓言初編》，茅盾欣然同意。因為這可以趁機系統地讀先秦諸子和四庫全書的兩漢經子史部。當時預定還要編續編、三編，但後來實際只出版了《初編》，就被工作的變動打斷了。

這期間茅盾曾利用休假機會，回烏鎮接母親到南京、上海瀏覽。等他休假完回到館裡上班時，他的工作又發生了變化。原來，一人主編三份雜誌——《教育雜誌》、《學生雜誌》、《少年雜誌》的朱元善因賞識茅盾的才華，於是向高夢旦要求並獲准，調茅盾擔任《學生雜誌》助編。但孫毓修藉口寓言的續編尚未進行，不肯放他。經雙方協商，把茅盾「一分為二」：半天當助編；半天編寓言。實際上，這時孫毓修安排茅盾根據外國童話與中國傳奇，用白話文改寫兒童讀物。後來茅盾共編了 27 篇童話，陸續分成 17 分冊出版，在當時的少兒讀者中產生了較大的影響。

茅盾擔任助編的《學生雜誌》，是以提供中學生課外讀物為主的刊物。朱元善除了安排茅盾審閱來稿外，還讓他從外文雜誌中編譯科學小說。茅盾譯的一篇科幻小說《三百年孵化之卵》刊於該雜誌 1917 年 1 月號，這是他發表的第一篇譯作。第二年，他還編譯了《履人傳》、《縫工傳》兩篇長文，介紹歐美一些出身低微但成就傑出的人物之生平，倡議「王侯將相無種，丈夫貴能自立」的精神，一個人即使出身貧苦，只要虛心好學，刻苦磨礪，矢志不渝，總可以把自己造就成社會的有用之材。這也是當時茅盾所信奉和踐行的樸素的人生信仰。

作爲新文學史上的第二代作家，茅盾是感受於新文化運動的思潮而成長起來的，並最終成爲新文學潮流中的骨幹人物之一。進入商務編譯所國文部，是他一生的編譯和寫作生活的開始。但在 1920 年底主編《小說月報》之前，「沈雁冰」這個名字還不爲新文學界所知曉。從其一生的思想發展來看，這時候的茅盾還並未參與新文學和新文化的思潮，而是處在被新思潮所啓蒙的階段。

從上面的敘述中可以看到，初進商務印書館的茅盾，主要是抱著朦朧的人生理想，以一種接受知識和獨立謀生的方式去接受並進入社會。通過編譯所這個視窗，他逐漸對上海的物質和文化環境熟悉起來，同時，上海和商務印書館的工作和生活環境也對他的性格、志趣與知識結構的變化產生了很大的影響。在少年茅盾看來，只要努力用功，個人的作爲總會獲得社會的承認。所以，當時他雖也以青年人的敏感和開放感受著種種新思潮，同時一度卻又繼續沉浸於傳統的文化典籍之中。直到助編《學生雜誌》之前，《困學紀聞》還是他手邊的閒暇喜讀之書。只是因爲《學生雜誌》主編是個趨新人物，正好訂有《新青年》雜誌；而多半是編輯工作的需要，《新青年》才開始進入了青年茅盾的閱讀視界。不過一經接觸，他便被上面的文章深深地吸引住了。後來，茅盾乾脆每月直接去益群書局《新青年》發行部購買。陳獨秀、胡適之等新文化領袖在《新青年》上宣導的民主、科學和文學革命論，李大釗等發表的讚頌和宣傳俄國十月革命和社會主義思想的文章，給青年茅盾以很大的思想衝擊。

青年茅盾受新思潮的感召而發生思想上的變化，主要體現在兩個方面：一是在《學生雜誌》上發表的《學生與社會》（1917 年第 12 期）和《一九一八年之學生》（1918 年第 1 期）兩篇文章。它們都是應主編朱元善之邀而寫下的《學生雜誌》社論，這也是商務當局爲適應新文化運動的發展而相應作出的改革步驟之一。茅盾在第一篇文章中指出，在新舊思想交替的時代，青年學生既要精研學術、修養品性，又要關注社會實際，強調革新社會的希望在青年人身上；後者指出，世界潮流飛湍而下，中華民族要立於不敗之地，則必須予以改革，而青年學生當努力「革新思想」、「創造文明」和積極「奮鬥」。文章的觀點雖然僅僅是對《新青年》的應和，甚至在當時更激進的新文化人士眼裡仍不脫保守的嫌疑，但不論從商務印書館《學生雜誌》的編輯傾向，還是以茅盾個人在當時的思想狀況看，這都是受以《新青年》爲首的新文化思潮積極影響的結果。

　　另一方面，從 1919 年起，茅盾開始注意外國文學尤其是俄國文學，搜求英、美版的外國文學著作，並開始了早期的譯介工作。如果以五四運動的爆發為分界線，則這一階段的譯介工作，前後分別標誌著青年茅盾的兩個重要轉變。

　　首先是他的關注焦點從中國傳統文化與學術轉向西方現代文化思潮。五四前茅盾的譯介，不是通俗的科幻與童話讀物，就是基於傳統的激恥勵志觀念的人物傳記（如《履人傳》等），並沒有在選擇中進一步顯示出現代性特徵；而從 1919 年起，茅盾受《新青年》的啓示，開始注意俄國文學。發表於《學生雜誌》第 6 卷第 41 號（1919 年 4 月）的題爲《托爾斯泰與今日之俄羅斯》一文就是這一關注的結果。雖然文中將托爾斯泰的思想與創作視作布爾什維主義勝利的「遠因」不免有點牽強，但這正可以說明，作者對世界現代思潮的關注，已從一年以前的籠統模糊逐漸趨於具體明晰，從而再也無法將自己沉浸於傳統典籍之中了。

　　其次，隨著五四運動的爆發和新思潮的深入，茅盾的興趣開始從學術研究轉向文學本身，他譯介了相當數量的外國文學——尤其是俄國文學作品。他的第一篇翻譯小說是契訶夫的《在家裡》，連載於同年 8 月 20～22 日的《時事新報·學燈》。之後的半年多時間內，他又翻譯了契訶夫的《賣誹謗的》等十多部短篇小說與劇本，撰寫了介紹托爾斯泰和蕭伯納的文章。如果說茅盾在五四前對托爾斯泰的關注還是以文學來探索社會革命和社會思潮的趨勢，那麼，五四後的外國文學譯介已顯示出其對文學本身的興趣。當然，這決不表明茅盾已將自己的終身託付給文學了，相反，他對社會思潮和社會實踐的熱情正同時高漲著。五四期間，素來很少出門的茅盾也禁不住走上街頭，去聆聽從北京來到上海的新青年的演說；他不僅熱心於《新青年》雜誌對馬克思主義的介紹，還自己動手譯介了羅塞爾的基爾特社會主義和尼采的學說；另外，這期間他還在《婦女雜誌》等報刊上，連續發表了論述婦女地位及其解放、提倡和討論現代婚姻觀念的一系列文章。

　　總之，新文化思潮與五四運動的影響，使茅盾的思想發生了從古典傳統（當然是改良後的近代傳統）向西方新思潮的轉變，既培育了他的文學興趣，又激發了他投身時代潮流和社會變革實踐的熱情。這些轉變雖然並不是那樣明確和徹底，但無疑已經或正在展開。事實上，在茅盾致力於《小說月報》的改革之前，他已經在譯介外國文學的同時，投身於中國共產黨的早期創建工作，從而開始了他的社會革命家和文學家兩重身份長期交錯重疊的人生歷程。

第二章　開拓新文學陣地

一

　　一個人在歷史中的成就及其影響，總是主客觀多種因素相互作用的結果。其中，除了個人的天資、勤奮努力、必要的物質生活保障、所處的生活環境和時代思潮的影響等大大小小的原因之外，機遇和偶然性也往往扮演著重要的角色。在茅盾走向新文學的關鍵一步中，幸運之神也助了這個年輕人一臂之力。

　　20 年代初期，中國文化和文學正處在新舊交替，多種思潮、傾向和主張「百家爭鳴」的時代。在以北京爲中心的北方地區，隨著蔡元培主持北京大學，奉行「兼容並蓄」的民主辦學方針以來，搜羅了具有各種政治和學術傾向的精英人才，使北大成爲名符其實的全國第一學府；陳獨秀、胡適之和李大釗等人的受聘和《新青年》雜誌的遷入北大，更使北大成爲新文化運動的發源地；轟轟烈烈的五四運動又將德先生與賽先生的影響波及到政治和社會運動之中，並在民眾中產生了空前的影響。這時候，北方新文化人士所面對的，主要是與封建政治相互依恃的封建傳統的舊文化，即所謂「桐城謬種，選學妖孽」。與此同時，與處於政治中心的北京相比，十里洋場的上海所包容的文化因素則要豐富複雜得多。在現代商業文化的背景下，與市民階層相適應的文化和文學產品，在相對完備的交通通訊、報紙書刊及劇院書場等其他城市文化娛樂設施的運作中，在民國第一個十年裡已經獲得了相對的繁榮。而其中的前五年即 1912～1916 年，則是中國現代文學史上通俗小說獨居文壇的五年，這就是以鴛鴦蝴蝶派爲代表的都市市民文學，而上海當然是鴛鴦蝴蝶派的大本營。

　　儘管鴛蝴派所包含的文化因素，並不如當時包括茅盾在內的新文學人士所聲稱的那樣，與五四新文化和新文學處於完全對立的地位，相反，兩者間其實具有很多的承傳關係。但在新文學運動初期，在茅盾改革《小說月報》之前，上海龐大的報刊書籍市場幾乎是鴛鴦蝴蝶派一統天下，從文學對讀者市場的佔有率來看，新文學與鴛鴦蝴蝶派不能不處於一種相互競爭、相互對立的位置上。從新文學本身的發展來說，當時它的中心在北京，而且還基本上局限在新文化人士和青年學生中間，主要是以同仁刊物的方式組織運作，還沒有真正走向市場，面對廣泛的民眾讀者。

　　當然，從另一個角度說來，自五四新文化運動和文學革命興起以來，在知識份子的呼籲和宣導下，新文化和新文學的影響也在不斷地擴大，聲勢所及，即使是市民文化中心的上海也深受影響，鴛鴦蝴蝶派文學的發展勢頭也因此有所抑制，它的第一個高峰期已基本結束。正是在這樣的文化動盪中，新文學運動中的第一份重要雜誌，改版後的《小說月報》才會在商務印書館這樣一個以市場規則生存運作的民營出版機構裡誕生，而在這一新文學發展史的重要事件中，茅盾發揮了特殊的重要作用。

　　創立於 1897 年的商務印書館，是一個民營的出版企業，但它在當時眾多的民營出版企業中得以不斷發展，在激烈的競爭中站穩腳跟，並最後成為首屈一指的集編輯、研究、印刷、出版和發行為一體的實力雄厚的文化企業，正是不斷順應上海商品經濟和文化市場的發展和完善，及時根據讀者對象的變化對出版選題作出調整的結果。這使商務館基本上擺脫了自晚清以來江南文人印書館的傳統，改變了舊式文人與書業的建立在藏書基礎上的聯繫。如果說文人書商靠的是藏書和書籍知識，那麼，商務館靠的是技術、企業和知識核心的職業化。雖然商務館的編輯群體從元老張元濟到年輕的沈雁冰，或出自書香世家，或幼習舉業，或為鄉紳之後，但他們與文人藏書家和書商不同，他們是職業的編輯人員。編輯出版的職業化本身就是文化商業化的產物，他們當然也更容易敏感於讀者群體和市場的變化。早期商務印書館在經營方略上的特色及其在近現代文化出版中的意義，不僅在於它是一家成功的完全按照市場規則運作的非官方出版機構，而且在於它所開闢的一個新的、以都市普通人為閱讀主體的書籍空間，他們適應現代都市普通市民的職業化和基礎性教育的廣泛需要，一貫將現代普通教育的教科書作為編輯出版的中心內容。因此，在文化市場意識的支配下，市民文化一直是商務印書館文化

運作的重要圭臬。當然他們也並不排斥精英文化，編輯人員的傳統學養使他們對知識份子的精英文化都有著相當高的鑒別力，但精英文化的納入必須接受市場原則的支配，這也就是商務館在民國初年不僅不拒斥通俗文藝，而且事實上使《小說月報》、《小說雜誌》成爲當時頗有影響的通俗文學雜誌的根本原因。

但文化產品畢竟不同於其他商品，它除了必須遵循市場的規律外，還需要順應文化發展的趨勢。1917 年偉大的蘇聯十月革命的成功，震動了整個世界，也使中國的新文化運動出現了新的發展；1919 年的五四運動，更直接地對封建舊文化和舊體制產生了巨大的衝擊。當時高舉新文化運動旗幟的刊物，首先向商務館的出版物發出批評。先是陳獨秀在《新青年》上抨擊《東方雜誌》的反對西方文明、提倡東方文明傾向。接著，在 1919 年 4 月，羅家倫在《新潮》第 1 卷第 4 號發表《今日中國之雜誌界》一文，列數商務印書館的《教育雜誌》、《學生雜誌》、《婦女雜誌》等，稱之爲「守舊式」、「市儈式」的雜誌。北京大學作爲全國的最高學府，是新文化運動的中心，《新青年》的撰述者又都是北大著名教授，校長又是與商務印書館素有關係的蔡元培，商務印書館受到這樣的批評和指責，使其多年來在文化教育界的良好聲譽受到了嚴重的影響。

1920 年 1 月 29 日，國民革命領袖孫中山發表了《致海外國民黨同志函》，其中也嚴厲地批評了商務印書館，說「我國印刷機關，惟商務印書館號稱宏大，而其在營業上又有壟斷性質，固無論矣，且爲保皇黨之餘孽所把持。故其所出一切書籍，均帶有保皇黨氣味，而又陳腐不堪讀。不特此也，又且壓抑新出版物，凡屬吾黨印刷之件，及外界與新思想有關之著作，彼皆拒不代印。」（參見《孫中山全集》第 5 卷，中華書局，1985 年，第 210 頁）與陳獨秀、羅家倫的文章相比，孫中山的觀點更帶有黨派立場，但與他們的批評一樣，都不無偏激之處。其實，商務印書館作爲一家民營企業，爲了在社會的動盪和市場的競爭中保證經營的長期穩定，是不太願意冒政治風險的。所以，那些帶有「過激」色彩的文章書刊，尤其是可能在政治上帶來麻煩的，則一概被拒絕出版。這也是商務館較爲一貫的經營方針，它對於新文學新文化的態度，基本上是遵循文化自身的價值準則，而較少受政治影響的左右。另外，在五四前後，商務印書館自身也剛剛開始擺脫經營上的困境，並在國內的出版界確立其穩固的地位，而在商務印書館的經營者內部，也一直存在著新舊

觀念和勢力的對立和消長。因此，商務印書館方針的相對保守，既有商業利益的考慮，也有文化價值準則上的理解和貫徹，並不能一概斥之爲「保守」、「市儈」。但是，這種來自激進的文化和政黨人士的批評，畢竟也給商務當局造成了很大的輿論壓力，尤其是羅家倫的文章，在社會上特別是在新文化陣營和青年讀者中造成很大的影響。到 1920 年間，隨著新文化、新文學影響的不斷擴大，書刊讀者的文化心理也發生著深刻的變化，商務印書館出版的某些書刊的銷量也在不斷下跌，這對於它的經營者來說更是一種直接而致命的威脅。這一切表明，商務印書館正經受著來自新文化陣營的批評和市場變化所帶來的嚴重經濟壓力。因此，迫於社會輿論和市場經濟這兩方面的原因，商務的出版方針就不得不作出相應的改變。於是，在對《學生雜誌》作出了一些改革之後，商務版的其他雜誌也準備作出相應的革新。

創刊於 1910 年的《小說月報》，長期以來一直是鴛鴦蝴蝶派作者的地盤，其作品的閱讀對象主要是市民階層，這些作品相對於傳統的封建載道文學而言，無疑意味著某種程度的解放，即使在文學作品的語言、敘述方式與表現手法上，也很多地汲取了西方文學的因素，並爲後來的文學變革打下了基礎。但其在市場化運作中難免會導致模式化趨向的出現，在思想上和美學趣味上，更多的還是對市民心理傳統的迎合，而並非始終以創造和革新爲目的。隨著新文化影響的擴大，《小說月報》同樣面臨著嚴峻的處境，它的銷售量不斷下降。因此，還在 1919 年底，商務當局迫於這種形勢，就有意對《小說月報》進行部分改革。

11 月初，主編王蒓農經館方授意，在與孫毓修、朱元善協商後，邀請正在擔任《四部叢刊》總校對與《學生雜誌》助編工作的茅盾，同時主持《小說月報》的「小說新潮」欄目。但在王蒓農的眼裡，所謂革新，只不過關此專欄登一些西洋小說和劇本而已，其他欄目則仍是鴛鴦蝴蝶派小說與「東方福爾摩斯探案」之類的天下。這果然使茅盾很失望，不過退一步想，「小說新潮」欄總還是一個變革的機會，所以他仍精心策劃編排。他以青年人旺盛的精力，只用兩周的時間便寫出了《小說新潮欄宣言》和《新舊文學平議之評議》兩篇文章，不久又寫了《俄國近代文學雜談（上）》和《安德列夫死耗》。這四篇文章同時在 1920 年 1 月的《小說月報》第 11 卷第 1 號上發表，標誌著茅盾對《小說月報》實施變革的開始。《宣言》指出，該刊將有步驟地介紹西洋文學，準備在一年內先行介紹「寫實派」、「自然派」文藝，並具體列出了20 位外國作家的 43 部長篇名著的書目。

　　在此後一年的「半改革」的《小說月報》裡，茅盾主持的「小說新潮」欄果然有了較大的改觀，這使《小說月報》這塊多年被鴛鴦蝴蝶派文人把持的陣地，打開了一個缺口，而且雜誌的其他欄目也在它的影響下發生了潛移默化的變化。但對這種改良舉措，居於通俗市民文學與五四新文學不同立場的兩派文人，卻從各自的觀點出發，同時給予程度不同的指責，新者嫌其舊，「舊」者怪其異。而在館方看來，更嚴重的是刊物的印數仍在繼續下降。這就迫使館方不得不下決心背水一戰。處在新舊夾擊兩難地位的主編王蒓農，也不得不辭去《小說月報》和《婦女雜誌》的主編職務。

　　1920 年 11 月初，張元濟、高夢旦同赴北京，拜訪了胡適和蔣百里等名流以求良策，也希望結識新文化運動的風雲人物。蔣百里是浙江海寧人，既是軍事教育家，又有很高的文學素養，當時他正參與醞釀創辦文學刊物，成立文學社團，即後來的文學研究會。蔣百里推薦主持此事的鄭振鐸和張、高面議。鄭振鐸等人因為文學研究會成立在即，他們的社團正需要有一個發表文學主張和進行文學實踐的園地，因此一開始便提議由他們在北京主辦、編輯一份文學刊物，而由商務出版。張元濟、高夢旦從商務自身的利益考慮，並不想輕易放棄原來的「無形資產」，只肯委託他們改組性質相近的《小說月報》，並邀請鄭振鐸來主持。但鄭振鐸當時正在北京鐵路專科學校讀書，還未畢業，又是北京新文學群體中的活躍分子和核心人物之一，不肯馬上赴滬，因而極力推薦茅盾擔此重任。他們自己則決定先在北京發起成立文學研究會。

　　這月下旬，返滬後的高夢旦正式約茅盾談話，請茅盾接替王蒓農擔任《小說月報》和《婦女雜誌》的主編。茅盾當時還不知道張元濟和高夢旦在北京與鄭振鐸等會晤的詳情，但他還是接受了高夢旦的建議。不過他表示自己精力有限，只能擔任《小說月報》主編一職，具體改革辦法待了解雜誌的存稿情況後再議。這樣既果斷又謹慎的答覆，體現了茅盾的精明之處。後來他果然從王蒓農那裡了解到，《小說月報》已買下的鴛鴦蝴蝶派作者的舊稿足夠一年刊用，林琴南的十多萬字譯稿尚不計在內。若是接下這些稿子，雜誌又怎麼談得上改革呢？於是，茅盾向館方提出了出任主編、改革雜誌的三個條件：一、現存稿均不用；二、改原來的四號字為五號字；三、特別強調館方應授予他全權，不得干預他的編輯方針。高夢旦當即表示：三個條件都可以接受。但同時又提醒他，第二年 1 月號的稿子，40 天內必須全部發排，以

保證改革後的刊物能按原日期出版。茅盾一口答應，從而開始了影響重大的《小說月報》的改革。

二

接受主編《小說月報》的任務後，茅盾開始了緊張的組稿工作。其實，在決定主編這一刊物時，他對新刊物的改革方案已有了初步的設想。但要真正實現這些設想，並能使刊物的改革一舉成功，既要體現自己新的文學理想，又要顧及雜誌的生存和發展，這對當時只有 25 歲的茅盾來說，還是沒有十分的把握。他計畫自己撰寫論文和譯介文字；文學創作稿則寫信給曾向「小說新潮」欄投稿的北京作者王劍三求助，不料回信的人卻是鄭振鐸。鄭在信中介紹了北京籌組文學研究會的情況，並邀請茅盾作為文學研究會的發起人之一，還表示：在北京的新文化同仁可以為《小說月報》供稿。事後茅盾才知道鄭振鐸與張元濟、高夢旦在北京的會晤，以及鄭推薦自己主持《小說月報》的原委，也才發現「王劍三」原來就是著名的新文學作家王統照。當時向鄭振鐸介紹和推薦自己的不僅有王劍三，還有茅盾在進入商務後結識的尚公小學（由商務印書館辦）教員、當時正在北京大學做旁聽生的郭紹虞。由於他們的雙搭鵲橋，使青年茅盾得以順利地走馬上任，並使改革後的《小說月報》按期發行，也使茅盾得以結識北京的一批新文化運動中的風雲人物。

1921 年 1 月 10 日，第 12 卷第 1 號的《小說月報》以嶄新的面目與讀者見面。茅盾執筆的改革宣言中說：新版《小說月報》開闢六個欄目，並將重點放在譯介西洋名著和創作兩個方面。這一期的內容有周作人、沈雁冰的論文和評論三篇；冰心、葉紹鈞、許地山等人的譯文六篇；耿濟之、周作人、孫伏園、王劍三（統照）等人的譯文八篇；以及鄭振鐸的「書報評介」和他自己編譯的「海外文壇消息」，內容相當充實和新穎，因此，出版後得到了文藝界和廣大讀者的好評。《時事新報‧學燈》的主編李石岑為此發表了公開信，對《小說月報》的改革舉措加以熱情讚揚，茅盾也立即發表公開信致謝，並表白了自己及同仁的抱負：要使中國新文學走向世界，「眼光注在將來，不做小買賣，或者七八年之後有點影響出來」。改革後的《小說月報》在讀者中也大受歡迎，第一號印了 5000 冊，很快便售完，商務印書館在各地的分館也紛紛來電要求下期多發。於是第二號印了 7000 冊，到這一卷末期，印數已躍至一萬，比改革前的最低銷量 2000 冊增加了整整四倍，這都表明了茅盾實施的

革新是完全成功的。「沈雁冰」的名字，也隨著《小說月報》影響的日漸擴大，在新文學的作家和讀者中變得熟悉起來。

改革號一炮打響，《小說月報》不久便成為蜚聲國內外文壇的大刊物了。這一成功一方面使茅盾充滿自信心，另一方面也激勵他更加兢兢業業地去編好雜誌。就在改革號發行的當天，茅盾就似乎已經預感到成功即將到來，他在致鄭振鐸的信中寫道：

> 弟以為《說報》（即《小說月報》——引者注）現在發表創作，宜取極端的嚴格主義。差不多非可以為人模範者不登。這才可以表見我們創作一欄的精神。一面，我們要闢一欄《國內新作匯觀》批評別人的創作；則自己所登的創作，更不可隨便。……所以弟意對於創作，應經三四人之商量推敲，而後決定其發表與否，決非弟一人之見，可以決之……

話雖如此，因京滬相距千里，文學研究會的其他同仁都在北京，所以僅從編輯刊物角度說，茅盾唱的差不多是獨腳戲；館內為他安排了一個事務性的助手，只是做做收發雜務，就連校對也都得茅盾自己親自去做。據粗略統計，自第 12 卷第 1 號起至第 13 卷第 12 號為止，在整整兩年的時間內，茅盾主編的《小說月報》共刊出論文（含譯著，下同）40 篇，內含茅盾所著 15 篇；文學史著 33 篇，含茅盾所著 6 篇；作家研究 50 篇，內含茅盾所著 4 篇；創作譯作 647 篇，其中包括魯迅在內的許多文壇中堅的作品，大致體現了文學研究會「文藝為人生」的現實主義文學的共同傾向。此外還有茅盾自編自寫的國內文壇消息 45 篇、海外文壇消息 192 篇，以及讀書雜記、書刊介紹等。還出版過一期《俄國文學專號》，刊登譯作與研究 58 篇。從上述的統計中可以看出，此刊雖名為《小說月報》，但經茅盾的大膽改革和精心策劃編輯，已成為一份具有廣泛影響的綜合性大型文學刊物。

新版《小說月報》在當時的影響程度，也可以從它與同時期新文學期刊刊行情況的比較中看出。在茅盾主編的最後一期《小說月報》出版即 1922 年底以前，新文學陣營中影響較大的文學刊物還寥寥無幾。曾經是五四新文化運動和文學革命發源地的《新青年》月刊，自 1920 年夏隨陳獨秀南遷回上海以來，因陳獨秀本人已投身於中國共產黨的籌建工作和實際政治運動，該刊自當年 9 月號起便成為共產黨的機關刊物，辦刊宗旨也已從文學與文化而轉向政治。創刊於五四前夕的《新潮》雜誌（月刊），與早期《新青年》的精神

一脈相通，而且比前者更注重新文學的創作和西方文學的譯介，文學性也更強些。但該刊出至 1922 年 3 月的第 3 卷第 2 期便告終刊。至於代表著另一批主要由留日學生組成的「異軍突起」的創造社所辦的《創造》雜誌，要到 1922 年 5 月才在上海正式問世，雖然它也十分注重新文學的創作和批評，但它僅是季刊，至 1924 年初停刊時，僅出了六期，在當時讀者中的影響終究有限。與上述三種刊物相比，《小說月報》因爲有商務印書館這一強大的經濟後盾和遍佈全國的發行網路，因而不僅出版準時，刊物持續時間長（茅盾辭去主編後，由鄭振鐸接替，基本上仍保持茅盾時期的辦刊方針，直至 1931 年終刊），而且銷售量大，讀者眾多。

從新文學發展的角度而言，《小說月報》既爲許多已經成名的新文學作家提供了發表作品的園地，也爲許多文壇新秀提供了寶貴的機會。其意義不僅在當時使「這十年之久的頑固派（指鴛蝴派）堡壘終於打開了缺口」，擴大並鞏固了新文學的成果，而且給許多作家的創作歷程帶來了積極的影響。比如女作家冰心後來承認：茅盾刊發她所創作的小說《超人》並爲其所作的注文，及茅盾後來的長篇論文《冰心論》，影響了她整個的創作道路。葉聖陶在讀了茅盾給自己的小說所作的附注後，感到「受寵若驚」，當即專程由蘇州赴滬拜訪，從此兩人結成終身摯友。當時尚在成都的文學青年巴金，捧讀《小說月報》覺得受益匪淺，因而終生稱茅盾爲「沈先生」，師禮以待。沙汀則說道：他初期與文藝發生關係的媒介，就是《小說月報》。

三

葉聖陶曾說過：「自從《小說月報》革新以後，我國才有正式的文學雜誌。而《小說月報》的革新，則是雁冰兄的功績。」

如果說，魯迅的《狂人日記》、《孔乙己》、《藥》等小說的出現，「算是顯示了文學革命的實績」，那麼，文學研究會的成立和《小說月報》的全部革新，就可說是文學革命的一次重大的戰略性勝利。由於這一勝利，新文學運動開始有了一支有組織的作家隊伍，建立了鞏固的基地。而不論是文學研究會的成立，還是《小說月報》的改革，茅盾都起了十分重要的作用。他是文學研究會的發起人之一，又是《小說月報》的主編。尤其是文學研究會與商務印書館在《小說月報》改革中的協作，使茅盾成爲一個社團和一份雜誌的交匯點。雖說《小說月報》終究不是一個同仁雜誌，而是一個商辦刊物，甚至在

名義上也不是文學研究會的會刊，也就是說，它最終仍受制於文化市場的商品流通規則和商務印書館的經濟及其他利益。但事實上無論在許多同時代人的心目中，還是在後來現代文學的有關敘述中，人們都幾乎將它視作文學研究會的會刊，以至於其聲名甚至蓋過了文學研究會的眞正會刊《文學旬刊》。另一方面，茅盾本人經過了《小說月報》的革新及文學批評的實踐，後來也確實成爲文學研究會的理論代表，並隨著新文學陣營的分化和左翼文藝運動的展開，在文藝運動、文學批評和文學創作中的地位越來越顯得重要。這樣，人們在反顧《小說月報》時代茅盾的文壇地位時，往往將其視作文學研究會成立和《小說月報》革新這一新文學戰略性勝利的組織者和指揮者，而相對忽視了茅盾思想發展中的這樣一個基本事實：即在改革《小說月報》時，茅盾的思想包括文藝觀念都還處於形成時期。確切的概括也許是：正是經過《小說月報》的改革和他個人的文學實踐，才使茅盾逐漸成爲文學研究會的理論代表，從而在新文學陣營中確立了其重要的地位。

相對於同時代的文學青年來說，青年茅盾是幸運的。正如他晚年在回憶錄中所說，自己「青年時甫出學校，即進商務印書館編譯所，四年後主編並改革《小說月報》，可謂一帆風順」。二十五六歲的茅盾能夠成爲新文學陣營中的風雲人物，以至當時被創造社的一些作家認作「壟斷新文藝」的人物之一，這既有茅盾個人的抱負、才能和努力的主觀因素的作用，也有特殊的客觀歷史條件的作用，對他個人的人生歷程來說，也是一種歷史機遇。

茅盾之所以受命改革《小說月報》，從他個人的因素看來，是他在進入商務印書館早期的編譯過程中顯現了才華。還在助編《學生雜誌》的同時，就寫了相當數量的文章，使他在商務編譯所同仁的心目中成爲一個新潮人物；另外，他也有一年時間的該刊「小說新潮」欄的革新經驗；再加上前述商務印書館所經受的興論與經濟壓力而不得不思謀改革的時勢；商務編譯所的較爲自由寬鬆的文化環境；商務決策者的經營策略、文化眼光和在取用新人方面的膽魄等客觀因素，使茅盾緊接著承擔該刊的全面改革，似乎有了順理成章的理由。

但除此之外的許多史實，卻表明了這一事件的某些偶然性因素。首先，在張元濟、高夢旦這些商務印書館的經營者看來，1920 年茅盾所參與的「半改革」仍沒有使刊物處境有所起色，所以他們北上時的本意，除了向北方的新文化群體尋求良策之外，也有謀求良將的計畫，即邀請鄭振鐸出任主編，

改革《小說月報》；只是在鄭振鐸的竭力推薦下，張、高兩人才作出了後來的選擇。而鄭振鐸謝絕到任並推薦茅盾的直接理由是他當時還讀書，還沒有拿到鐵路高等專科學校的文憑。其次，在後來公布的文學研究會的 12 個發起人當中，除了朱希祖、蔣百里、郭紹虞三人外，其他成員當時茅盾都不認識。鄭振鐸也還不曾與茅盾謀面，他之所以推薦茅盾，除了對茅盾發表在《小說月報》、《婦女雜誌》、《時事新報》等報刊上的文章有相當深的印象外，郭紹虞的推薦也是一個重要因素。第三，茅盾成為文學研究會發起人，並且是其中唯一一個在上海的成員，是在商務印書館和鄭振鐸等文學研究會的籌備者雙方就《小說月報》的改革達成協議、並確定主編由茅盾擔任後，在茅盾準備走馬上任、並致信向北京的王統照求助時，鄭振鐸方去信邀請茅盾加入的。在此之前，該會的籌備活動等情況，茅盾一概不知。他在接到鄭振鐸的來信後，當即回信表示願意，於是在《小說月報》的首期改刊號上登載的文學研究會發起人名單中，才有了「沈雁冰」的名字，也就是說，在事件的因果聯繫上，茅盾首先就任《小說月報》的主編，然後才成為文學研究會發起人，雖然從當時公布的文字材料看來，兩者似乎是同時發生的。

在 20 年代初的新文化格局中，商務印書館處於相當重要的地位。與新文化發源地的北京相比，上海不僅在地理上處於南北交通要衝，而且又是中外文化大交匯的場所，文化空氣相對活躍；既沒有北京北洋政府的文化控制，又比南方革命所在地相對安定。所以，北方的許多新文化人士都有意在上海這個現代大都會開闢新文化和新文學的陣地，而江、浙、滬的進步人士也有意結交北方新潮人物。因此，茅盾主編《小說月報》及其改革的一舉成功，一方面有商務特殊的文化、地理位置的直接原因；另一方面，正是代表南方進步文化勢力的商務印書館和北方新文化人士的聯合協作，才將青年茅盾適時地推上了新文學運動的重要位置，使他在《小說月報》這塊重要的陣地中一顯身手，為新文學發展立下汗馬功勞。

作為改革《小說月報》的堅強後盾，文學研究會同仁給茅盾的支持是多方面的。

首先，茅盾在改革《小說月報》之際，面臨了許多意想不到的困難。他在晚年回憶錄中說到，改革雜誌之初所碰到的第一個問題，就是缺乏創作稿源。作為一個大型文學刊物不能沒有創作稿，而當時上海文壇從事創作者，大多是鴛鴦蝴蝶派文人。茅盾的改革意圖正是要從這批通俗文人手中給新文

學爭得一塊地盤，當然拒用他們的作品，而他自己當時又沒有從事文學創作的經驗，他在上海的朋友中也沒有人從事新文學創作。在這種情況下，他不得不向北京的新文學人士索稿。除稿源問題外，雜誌欄目的設置、各期內容的總體安排，都需要精心策劃。如果說以前茅盾只要埋頭讀書、編譯、寫作就可以了，那麼現在他則需要從文壇的實際出發，安排發表各類文章，而這方面的經驗他以前是很少的。此時，文學研究會給予他很大的支持。據茅盾回憶，鄭振鐸通過出色的社會活動，給《小說月報》解決了不少稿源問題。當時作為新文學領袖之一的周作人，則從雜誌的體例、具體介紹的外國文學內容等諸多方面，給予茅盾許多幫助，並親自為該雜誌寫稿。社團同仁的幫助，使《小說月報》迅速改變了原來的陳舊面貌，成為當時國內第一個集中發表新文學作品、宣傳新文學主張的大型文學刊物。因此，改革後的《小說月報》一出現，便引起社會的廣泛關注。

其次，當茅盾的編輯及批評活動遇到外界壓力時，文學研究會的同仁給予他集體的聲援、幫助和支持。1921 年，當茅盾受到鴛鴦蝴蝶派的壓力而第一次向商務提交《小說月報》主編的辭呈時，周作人立即致信茅盾，勸其排除干擾，繼續擔任主編。1922 年鴛鴦蝴蝶派在上海文壇再度活躍，與茅盾、鄭振鐸等發生直接衝突時，周作人在《晨報副鐫》上連續發表文章，抨擊鴛鴦蝴蝶派，為新文學據理力爭。這種社團集體協同呼應的方式，不僅支援了茅盾，也使北京、上海的新文學人士之間取得了更加緊密的聯繫，更使社會保守勢力不敢輕易攻擊和迫害新文學人士。

第三，在與文學研究會同仁的交往和相互影響下，茅盾個人的文學素養有了很大的提高，文學思想得到迅速發展。而在改革《小說月報》時期，正是茅盾一生文學觀念演變的重要階段，這部分內容以後再述。

第三章　文學研究會的批評家

一

　　茅盾眞正登上新文學的文壇，是從主編《小說月報》、加入文學研究會開始的。由於新文化、新文學的發展趨勢和特定的格局變化，也由於他個人所顯露的在文學素養和雜誌編輯（包括處理實際人事關係）等方面的才華和能力，使他幸運地幾乎同時獲得了「主編」與「會員」這兩個身份；同時，他又及時地抓住這一歷史機遇，以勤奮的工作、熱情的實踐、積極的思考，很快成爲文學研究會在文學批評和文學理論上的代表，以一個新文學批評家的身份，對新文學運動產生重要影響。

　　茅盾在晚年的回憶錄中，也述及了他最初加入文學研究會所帶有的較大的偶然性。在促使他加入該會的因素中，除了個人職業方面的考慮——即作爲即將上任的《小說月報》主編，他面臨著創作稿源問題，故極需北京方面新文學作家的支援——之外，同時也表明了青年茅盾對新文化（文學）運動的一貫態度。在與周作人、鄭振鐸、王統照等北京新文學人士建立聯繫之前，茅盾已發表了一些文學批評和社會評論文章。如《一九一八年之學生》、《學生與社會》、《托爾斯泰與今日之俄羅斯》、《現代文學家的責任是什麼？》、《新舊文學平議之評議》等。這些文章，雖然大多是轉述和概括外來文藝思潮和新文化運動發起者的觀點，但都反映了一個基本的思想立場，就是反對因循守舊，贊同文學革命和社會變革，這種思想意識的萌芽、產生，都是受到《新青年》啓蒙的結果。因此，當青年茅盾出任《小說月報》主編後，出於對北京新文化人士的仰慕，希望與他們建立密切聯繫，以便經常得

到思想上的幫助和支持，這是他首先想到的，所以，他直接給北京的王統照寫信索稿，並只因爲從未謀面的鄭振鐸的一紙來函，就答應作爲發起人參加新籌辦的文學研究會，而且同樣在未曾謀面的情況下，主動給周作人寫信，請求對雜誌編輯的幫助和支持。事實上，當時國內知識界的許多人士都希望與北京的新文化人士保持聯繫。1920 年 10 月張元濟與高夢旦親赴北京的舉動，正反映了當時國內進步知識界的一種普遍心態。因此，茅盾與北京新文化人士的聯繫並加入文學研究會，正是以一種積極主動的姿態，追隨新時代的潮流，支援和贊同新文化（文學）運動。當然，同時也應看到，加入文學研究會之前和之初的青年茅盾對新文化和文學運動本身還缺乏深入系統的思考，這也正是青年茅盾與陳獨秀、胡適之及周氏兄弟這些第一代新文化和新文學運動的發起人之間的差別所在，比如當時他對傳統文學的批判和否定還較爲籠統，沒有能夠與自身的文學實踐結合起來而眞正意識到具體的批評對象，所以，這種批判更多地向於在文化態度上對《新青年》的觀點表示贊同。

從 1921 年起，編輯的職業需要和文學研究會團體給他的幫助，使他在各種文學實踐中，日漸積累起自己的經驗與感受，培養和鍛煉了思想能力，形成和發展了他早期的「文藝表現人生，文藝爲人生」的思想，同時也鑄就了他的文藝思想的富於實踐性的個性風格。

促使茅盾早期文學思想形成和發展的特殊生活環境和工作條件，具體分析起來，有以下三個方面：第一，他是當時國內最大的新文學雜誌《小說月報》的主編，利用編輯的便利條件，他每天能接觸大量文壇信息；第二，幾乎在加入文學研究會同時，茅盾又參加了中國共產黨的政治活動，這些文學活動與社會實踐經歷，使他對身處的多種文化、多種生活方式交錯並存的十里洋場有了更多的接觸和了解的機會，也使他對動盪時代的社會政治、文化及文學的變化有一種特殊的敏感；第三，除了主編《小說月報》外，他還與鄭振鐸一起，編輯了文學研究會的會刊《文學旬刊》，手中有刊物，就爲及時地發表自己的見解，並對社會形成影響提供了不可多得的有利條件。

正是茅盾的「主編」與「會員」的雙重身份，使他順利地結識了新文化和新文學運動的領袖人物。雖然隨著運動的發展和陣營的分化，茅盾與他們當中一些人的思想觀念也逐漸出現差異、分歧乃至對立，但在與他們的交往中，青年茅盾還是受益匪淺。

　　通過一會一刊，茅盾先後結識了周氏兄弟，並得到他們的大力幫助和支持。魯迅沒有列名爲文學研究會的發起人，那是因爲他時任教育部僉事，受北洋政府的「禁止官員參加社會團體」的文官法的制約。但他事實上是該會最大的支柱，周作人起草的文學研究會宣言，就是經魯迅改定的。魯迅與茅盾保持經常的通信聯繫，給予《小說月報》最大的支持，僅據 1921 年 4 月 11 日至當年年底的魯迅日記的記載，魯迅致茅盾的信函就有 25 封；茅盾致魯迅 23 封。共 48 封，平均每月往來書信有五、六封之多。這也是兩位文化巨人畢生默契配合、精誠合作的深厚友誼的開始。茅盾與周作人的通信則要更早些，最早見於 1920 年底。從是年 12 月 31 日茅盾覆周作人的信中所提及的內容看，茅盾早已有信函向周作人請教翻譯和介紹外國文學的問題，比與魯迅的通信至少要早三個月。周作人從《小說月報》的體例、譯介外國文學的具體內容，到親自寫稿，給該刊的編輯工作予以很大的支援。茅盾早期在外國文學的譯介中致力於東歐和弱小民族文學的介紹，就與周氏兄弟的影響有關。

　　五四新文化運動的另外兩位風雲人物陳獨秀和胡適，雖然不是文學研究會的成員，但對青年茅盾也有不同程度的影響。陳獨秀從 20 年代初起已轉而從事社會政治活動和中國共產黨的建黨活動，茅盾與他的交往已基本不在文學領域，留待下章再述。胡適對青年茅盾的文學活動和文學思想的形成發展也曾發生過相當大的影響，雖然出於某種原因，晚年的茅盾似乎不願過多地提及。1921 年 7 月，胡適曾應張元濟與高夢旦之邀，來商務印書館編譯所考察，張、高兩人有意邀請胡適接任編譯所長。但經過一個月的考察，胡適後來還是謝絕了商務方面的邀請，同時又推薦了王雲五代替，這一人事變動與後來茅盾辭去《小說月報》主編職務，乃至最後離開商務印書館，一度全身心地投入政治活動，都有重要的關係。按茅盾的說法，王雲五是一個「官僚與市儈的混合物」，是商務當局中保守派的中堅人物。在胡適的近一個月的考察中，茅盾也曾被邀與他面談過幾次。茅盾在回憶錄中對胡適的記述相當簡略：

　　　　我從沒見過胡適，但早就知道在北京大學的教授中，胡適是保
　　守勢力的頭子。我只回答他的詢問（那都是瑣屑的事），不想多談。
　　我只覺得這位大教授的服裝有點奇特。
我們必須意識到這是茅盾在將近六十多年後的回憶，顯然帶有自 50 年代以來

的對胡適的「資產階級學術思想」批判的記憶痕跡。在學術和思想界還沒來得及對胡適的精神遺產作出公正的評價之前，老年茅盾的內心顧忌是難免的，至少是可以理解的。查胡適於當年 7 月 22 日所寫日記，就有批評當月《小說月報》對「新浪漫主義」宣傳過濫，要求茅盾多注意寫實主義文學的提議。茅盾在隨後一期《小說月報》的「最後一頁」欄的按語中顯然就接受了「這位大教授」的建議，有「乘機把自然主義狠狠地提倡一番」的話。不僅如此，在之後的批評理論文章中，茅盾便改變了提倡「新浪漫主義」的觀點，而同樣主張新文學應該切切實實地從寫實做起了。可見，當時的青年茅盾並不是將胡適看作北大「保守勢力的頭子」而去挑剔他的服裝的「奇特」，相反在茅盾的心目中，他是一位新文化和新文學運動的領袖人物（這也是當時激進和保守派人士的共識），對他不僅十分尊敬，而且相當重視他對文學問題的看法，並受到了很大的影響。

　　至於文學研究會中的其他成員，如冰心、葉聖陶、許地山等，都是以他們的創作來支持茅盾的刊物，而鄭振鐸與茅盾的關係則更為密切了，他們後來成為《小說月報》和《文學旬刊》編輯中的盟友，不管是誰在主編《小說月報》，兩人都是相互協作、相互支持，同時成為文學研究會中最活躍的兩個成員。

　　茅盾通過與這些新文化人士的交往，不僅使雜誌辦得有聲有色，影響遠播，也使他個人在一系列文學實踐中獲得逐步發展和提高。

二

　　依託文學研究會的支持，茅盾成為該會成員中最有代表性的人物之一；同時作為一位文學批評家，他在新文學社團中又保持著自己的思考和實踐。茅盾早期所參與的一系列文學論爭，一方面基本上代表了文學研究會團體的基本文藝觀點；另一方面，通過這一系列的批評實踐，茅盾也具體地發展了自己的文藝思想。

　　茅盾在晚年的回憶錄中說：

　　　　一九二二年，我和其他文學研究會在上海的成員（其中主要是鄭振鐸），不得不同時應付三方面的論戰。此所謂三方面：一是鴛鴦蝴蝶派，這原是意料中的事；二是創造社，這卻是十二分的意外，是我們及當時在上海的文學研究會同仁所極不願意的，是被迫而應

戰的；三是南京的學衡派，這也是意外，但我以及文學研究會的上
海同仁都以爲，這些留學歐美回來的東南大學的教授們向新文學的
進攻，必須予以堅決的還擊。

　　對當年與茅盾及其同仁發生交鋒的這三個文學派別或文化群體，今天的
文學和學術史研究已經或開始作出了全面客觀的評價，對立雙方的觀點都有
其具體的歷史合理性，同時也都程度不同地包含著某種歷史局限，這些當另
文論述。這裡所要關心的是，茅盾是如何在這些爭論中，磨礪和發展自己的
思想和觀念，使自己在一個新文學批評家的道路上走向成熟，並爲他以後的
社會、文化和文學活動奠定了堅實的基礎。而這一過程的具體展開，與上海
這個特殊的地理和文化時空有著怎樣的聯繫。

　　鴛鴦蝴蝶派是五四時期以上海《禮拜六》雜誌爲代表的一批以普通市民
讀者爲對象，專門從事通俗文學創作的文人群體。相對於新文學的啓蒙傾向，
他們更多地強調文學的消遣和娛樂功能。早在自世紀之初以來的創作中，這
一批文人形成了模式化、類別化的創作傳統，並培養了一大批市民讀者。從
作品的內容來說，狹義的鴛鴦蝴蝶派义學特指那些寫「卅六鴛鴦同命鳥，一
雙蝴蝶可憐蟲」的言情題材的小說作品；廣義的鴛鴦蝴蝶派則包括言情、狹
邪、黑幕、社會、武俠、偵探等題材的創作。這一與現代都市的產生相適應
的文學思潮，已經歷了一個爲時不短的發展過程。

　　如前章所述，自民國初年以來，在 1912～1916 年的五年間，以上海爲中
心的鴛鴦蝴蝶派文學形成了第一個高峰期。這五年中出盡風頭的鴛鴦蝴蝶
派，儘管後來一再受到人們的批判和鄙視，但它所進行的一系列文學突破和
探索，實際上已經成爲整個 20 世紀文學變革的開始，僅從文體角度而言，它
就爲五四小說的誕生作好了一切準備。它在主題上形成了言情、社會、黑
幕、歷史、武俠、偵探等小說類型；在思想觀念上也已從晚清的載道文學觀
念中脫離出來，相對更注重文學本身；在形式上廣泛地實驗西方技巧；在傳
播方式上已同現代新聞、出版、印刷業完全結合起來，更加注重讀者反應，
由此導致了批量複製和相互模仿，促進了類型化的發展。1917 年新文學運動
開始後，通俗小說一統天下的局面被打破，在新文學陣營的猛烈抨擊下，通
俗文學在理論上明顯不敵對手，只得保持沉默，雖然其創作和傳播仍然在進
行，但新文學陣營所造成的輿論攻勢，迫使鴛鴦蝴蝶派全線收縮，在 1916
年、1917 年之際，其代表性刊物《禮拜六》、《民權素》、《小說時報》等著名

期刊相繼停刊，那正是茅盾剛剛踏上上海灘的時候。從某種程度上說，茅盾來到上海，正趕上民國通俗文學與新文學的力量對比發生第一次變化的時候，而五年之後，當羽翼漸豐的茅盾正憑藉新文學發展的時勢，走上改革《小說月報》的崗位時，卻恰恰遇上了鴛鴦蝴蝶派文學的東山再起。就在1921年初文學研究會成立暨革新版《小說月報》問世之際，鴛鴦蝴蝶派刊物《新聲雜誌》在上海創刊了。不久，停刊將近五年的著名鴛鴦蝴蝶派雜誌《禮拜六》復刊，它的再度出現，可以說代表了通俗文藝期刊在20年代的復興。之後的三四年裡，先後又有五十多種通俗刊物相繼湧現，僅從數量來看，通俗文藝的聲勢反而要遠遠大於新文學了。不僅如此，鴛鴦蝴蝶派文人還先後在蘇州和上海成立了「星社」和「青社」，許多通俗文人都聚集在這兩個團體之中，據說星社成員最多時達105人。

以鴛鴦蝴蝶派爲代表的都市通俗文學，是隨著近代工商業的發展、市民階層的興起而出現的商業性通俗文藝，是近代都市尤其是十里洋場上海的產物。五四初期，《新青年》集團就對這批通俗文人的思想觀念及其創作進行抨擊，視他們爲「民國舊派」文人。胡適、羅家倫、錢玄同、周作人等都曾撰文，這些文章的一個共同特點，便是都從思想觀念上批判鴛蝴派文人將文學當作「消遣品」的不嚴肅態度，在文學創作上指出其「粗製濫造，趣味低下」的特徵。《新青年》對通俗文人的批判，直接影響並啓發了青年茅盾的思想。1920年，茅盾在《東方雜誌》上發表了他的第一篇文學論文《現代文學家的責任是什麼？》，其中就表示贊同對這些「舊式文人」的批判。但茅盾那時候的批判，一方面僅僅體現爲受新文學倡導者們的影響，對鴛鴦蝴蝶派的看法還沒有融入自己獨立的觀察判斷，另一方面，他還沒有感受到與對象間的直接衝突。

茅盾接編和改革《小說月報》的行爲本身，就在事實上成爲對鴛鴦蝴蝶派的挑戰。上任後，他拒發那些鴛鴦蝴蝶派的作品，這等於從這些文人手裡爲新文學奪取了一個陣地。他的這一舉動不僅使這批作品在商務印書館沒有了出路，而且也使這批靠賣稿爲生的文人減少了稿費來源。這就不能不引起他們對茅盾的怨恨，這種怨恨除了在文學觀念上的差異和對立外，還包含了經濟利益上「你死我活」的生存競爭，於是他們以《禮拜六》爲陣地，通過各種小報對改革後的《小說月報》進行了爲時半年的批評。與新文學人士對他們的批判相比，他們的言辭要平和一些，也更多自我辯護色彩。對於新文

學，冷嘲熱諷有之，聲討殺伐則無，理論論辯更不是新文學家的對手。但他
們深知一點：新文學消滅不了我們，我們也不想消滅新文學。1922 年 7 月，
茅盾在《小說月報》第 13 卷第 7 號上發表了《自然主義與中國現代小說》一
文，文章第一次從正面批判了鴛鴦蝴蝶派。這就直接刺痛了這批文人，他們
於是揚言要控告《小說月報》，並給商務當局施加壓力。當時商務編譯所長王
雲五，藉口茅盾的文章中點了《禮拜六》雜誌的名，要茅盾在《小說月報》
再寫一篇短文，表示道歉。被茅盾斷然拒絕，他回答說：「是『禮拜六』先罵
了《小說月報》和我個人，足足有半年之久，我才從文藝思想的角度批評了
『禮拜六派』；況且文藝思想問題，北洋軍閥還不敢來干涉，『禮拜六派』是
什麼東西，敢做北洋軍閥不敢做的事情？」這是晚年茅盾回憶中當時所說的
話，雖然難保沒有時間的久遠和時代環境影響的因素，但僅從字面來看，可
見當時新文學人士對通俗作家態度激烈之一斑。不久，茅盾因抗議商務當局
審查《小說月報》發排的稿子，違背了當初不干涉該刊編輯方針的約定憤而
辭職。商務館方也迫於鴛鴦蝴蝶派的壓力，想通過撤換《小說月報》主編的
辦法來平息他們的怒氣，所以馬上允辭。辭職前，茅盾在該卷第 11 號的《小
說月報》上一連發表了《真有代表舊文化舊文藝的作品麼？》和社評《反
動？》，嚴厲批判了鴛鴦蝴蝶派，這是茅盾在離開《小說月報》主編的職位前
對禮拜六派和王雲五等商務保守勢力的有力一擊。

　　儘管從今天的眼光看來，鴛鴦蝴蝶派文學並不像當時茅盾等新文學人士
所認為的那樣，是新文學發展的敵對力量，相反，它在一定程度上還與新
文學有著共同的價值前提，這就是對傳統的封建文化和文學精神的反叛。只
是兩者在反傳統的方式上有著區別：在鴛鴦蝴蝶派文學所表現的市民情調
裡，的確包含著世俗性的一面，而且具有明顯的局限性，它甚至包含了如
拜金主義和享樂主義的成分，但也正是這種世俗性，才使文學走出了「文以
載道」的傳統，反抗著大一統的政治專制和思想專制，逃離乃至消解著傳統
的封建文化，特別是傳統道德中的神聖性。在這一點上，它與新文學有著
相通的一面。但同時，代表著市民文化的鴛鴦蝴蝶派文學又疏離著以五四知
識份子為精神核心的新文學。在五四新文學那裡，文化的神聖性還在，但不
是「天理」、忠君，而是救亡和啓蒙，是喚醒民眾，萬眾一心建立一個現代民
主國家。新文化的以神聖反抗神聖，較之鴛鴦蝴蝶派的消解神聖的路子不
同，其行為方式也不一樣，這裡需要抗爭、奮鬥和流血犧牲，這是嚴肅的事

業，自然不能輕鬆與消閒。而在巨大的歷史變革中，五四新文化自然更具有戰鬥力和號召性，也更能推動思想文化的變革，也就是說，五四更能代表時代文化的主潮。因此，文學研究會的成立宣言，幾乎是在代表著時代對鴛鴦蝴蝶派發言：「將文藝當作高興時的遊戲和失意時的消遣的時候，現在已經過去了。我們相信文學是一種工作，而且又是於人生很切要的工作。」鄭振鐸則標舉出「血與淚的文學」來與鴛鴦蝴蝶派的「雍容爾雅」、「吟風嘯月」相對，後來的共產黨人更是主張對鴛鴦蝴蝶派文人進行「第三次文學革命」了。

作爲秉承五四精神的第二代人，茅盾對鴛鴦蝴蝶派文學的看法，當然認同於新文化傳統，在今天看來也同樣包含了歷史的合理性與時代的局限性，而他在《小說月報》的地位，使自己處於兩種思潮衝突的前沿。在與鴛鴦蝴蝶派的論爭中，他第一次切身感受到思想觀念衝突的具體過程。特別是商務當局背信棄義，迫使茅盾辭去《小說月報》主編時，這種遭遇對他造成了巨大的思想震動。這種由針鋒相對的衝突所引起的思想壓力是青年茅盾從未體驗過的，從而使他有機會根據自己的實踐體會和感受，發現問題，思考問題，並且在批判的過程中確立自己的思想和正面主張。

在與鴛鴦蝴蝶派的爭論中，茅盾首先通過他的一系列文章，顯現了其對批判對象的獨立的判斷力。他並不把鴛鴦蝴蝶派文學簡單地看成「舊文化舊文學」，甚至認爲也不是對新文學的一種「反動」，而是一種體現了「汗毀一切的玩世與縱欲的人生觀」的「現代的惡趣味」，是一種「封建的小市民文藝」。雖然他的判斷中同樣包含著五四知識份子的中心意識和對市民文化的偏見，但他的分析畢竟更多地注意到了對象的特性，而這又與他對上海這個現代都市生活的熟悉和了解是分不開的。

其次，爭論也體現了茅盾個人思想的發展。具體表現在兩個方面：

一是促使茅盾對自然主義文學的學習、改造和接受。在寫《自然主義與中國現代小說》一文之前，茅盾對自然主義已有過一段時間的學習和思考。但此文不同於一般的介紹和接受，而是體現了茅盾對自然主義有選擇的肯定。他認爲應當學習自然主義的客觀描寫和題材上對社會底層生活的關注，摒棄自然主義的專注於人類「獸性」的那一面，而是要在揭露社會黑暗現狀的同時，顯示作家對人類前途的理想和希望。而茅盾對自然主義觀念的有選擇的接受，正是在論爭中用來批評鴛鴦蝴蝶派小說的。

　　二是他在倡導「自然主義」的客觀描寫，對鴛鴦蝴蝶派創作進行批判的同時，也時時注意到新文學創作中出現的問題。他指出新文學創作普遍存在著題材過於集中，描寫缺乏個性特徵等弱點。而在他看來，產生這些現象的原因，正是由於缺乏由作家獨特的眼光觀察、發現而來的客觀描寫，因爲這種獨特的個人發現，同時也浸透著個人的情感體驗。

　　正當茅盾與鴛鴦蝴蝶派作鬥爭時，王雲五卻出於種種利益的考慮，投這些通俗文人之好，暗中策劃籌辦了一種新的通俗小說雜誌《小說世界》。他對茅盾、鄭振鐸解釋說：《小說月報》方針果然不錯，萬無改回來之理，但《小說月報》有很多學術文章，一般人看不懂，辦一個通俗刊物，一方面可以滿足愛讀《禮拜六》一類刊物的讀者，一方面給《小說月報》做個樣子，逐步提高那些想看而又看不懂《小說月報》的讀者的水平，並希望茅盾也爲這個刊物寫文章。茅盾聽王雲五這麼一說，覺得倒也有理，就交給他一些稿子。哪知這本刊物實際是王雲五等策劃的《禮拜六》性質的刊物，向茅盾索稿只是爲了使雜誌顯出不新不舊的折衷姿態，以期在雙方都討個好處。等到1923 年 1 月《小說世界》創刊號問世時，茅盾才知道上了當，於是便在同月15 日《時事新報・學燈》上，給王雲五的做法加以曝光，公開表明自己的立場，其中又在有篇轉載《晨報》副刊的署名爲「疑古」的文章裡，對商務當局的作爲給予尖銳的嘲諷，說：「天下竟有不敢一心向善，非同時兼做一些惡事不可的人！」茅盾以爲，他這一手王雲五大概沒有料到，一定十分氣惱。但儘管當時茅盾已辭去《小說月報》主編之職，商務館方仍竭力挽留他在編譯所，因爲這時的茅盾已在文化界有了相當的影響，怕他一旦離開商務印書館，會另辦雜誌或出版社與商務對著幹，所以王雲五對茅盾的反擊也無可奈何。這樣，茅盾及其他新文學人士對鴛鴦蝴蝶派的批判至此也大致告一段落。

　　1922 年茅盾參與的第二場爭論，是對學衡派的批判。

　　學衡派是 20 年代初，集中在南京東南大學的一批留學歐美回國的教授群體。他們中的代表人物胡先驌、梅光迪、吳宓等人，本身並不籠統地反對文化和文學的革新，也主張「建設新文化之必要」，甚至肯定新文化運動倡導者們對舊文化「所發之疑問悉當」。但他們企圖在時代文化轉型的過程中，超越新舊文化之爭，從世紀初美國文化批評家白璧德的主張中汲取思想資源，主張以古典主義的新人文主義眼光重新發掘與張揚傳統人文精神，從而達到「昌

明國粹，融化新知」的目的，他們以《學衡》雜誌為陣地，在政治、文化、教育、藝術和宗教等許多領域發表批評和論戰性文章，其中尤以對新文化和文學運動的批評影響最大。

在今天看來，學衡派學者群體確實在一定程度上看到了新文化運動的某些片面之處，他們也不反對從外來文化中汲取思想資源，因而與《甲寅》派等復古文人的守舊觀念相比有其相對的合理性。但他們的文化主張本身也存在著很大的問題，至少在他們主觀上的不偏不倚中，忽視了新文化運動的戰略性意圖，他們沒有充分地意識到，五四新文化運動是在強大的傳統文化背景上歷史地展開的。他們在文化和文學觀念上的主張，包括反對文學進化論；認為白話不能替代文言；言文不應該合一；主張模仿古人等等，都與新文化運動形成了尖銳的衝突。而在新文化人士看來，學衡派不過是打著「學貫中西」、「博通古今」旗號的另一種復古派而已。

首先站出來反擊這一復古思潮的是魯迅。他在《估學衡》一文中，用「以子之矛，攻子之盾」的手法，從第一期《學衡》雜誌所載的六篇文章中舉出許多具體例證，指出他們一面提倡文言、國粹，反對白話，一面自己的文言文就寫得詞句不通，邏輯混亂，鬧了許多笑話。隨後，周作人（《思想之傾向》）、胡適（《五十年來之中國文學》）等新文化人士也相繼對學衡派的批評進行了反駁。

茅盾與學衡派的衝突，是他為援助北京的新文化人士而採取的主動行為。1922 年 2 月 21 日，茅盾以「朗損」的筆名，在《文學旬刊》上發表《評梅光迪之所評》，對梅光迪在《學衡》第一、二期上發表的《評提倡新文化者》和《評今人提倡學術之方法》兩文予以批駁。茅盾的文章，著重是指出學衡派對西歐文學的「無知妄說」，既無視西歐文學百年來的進化，又搬出百年前的西洋古人來否定近世學說，這是無視歷史事實的顛倒系統，又企圖「以一人之嗜好、技法抹煞普天下之真理」。茅盾的文章正好從另一個角度呼應和配合了魯迅等北方的新文化人士。

面對學衡派的批駁，茅盾並沒有就此止步。他的進一步批駁主要在於指出他們在文化立場上的戀舊復古，而不是像與鴛鴦蝴蝶派的爭論一樣，與之在文學創作技巧和文學主張上展開論爭。他準確地意識到學衡派與鴛鴦蝴蝶派雖然在反對新文化這一點上有共同處，但前者與後者確有很大的不同。學衡派都是留學歐美的大學教授，他們不僅有深厚的中國傳統文化素養，也接

受了西方系統的文化教育，所以，在思想觀念上他們不是頑固不化的舊文化衛道士。像梅光迪當年在美國留學時，就曾與胡適一起討論過白話文問題。他們並不籠統地反對文化和文學變革，但他們反對像五四新文化和新文學運動那樣激進的文學革命，認為那將使中國幾千年形成的文化傳統喪失殆盡，而新文化建設因缺乏傳統文化的滋養也同樣無法確立起來。特別是當他們看到新文化和文學運動暴露出一些問題時，不是朝著推進新文化（文學）運動的發展方向努力，而是以一種保守的文化立場，即以恢復古典主義的傳統來排斥新文化和新文學。因此在茅盾看來，對學衡派的批判，不在於他們對新文化和新文學之不足的指責是不是有道理，而在於在文化立場上揭示其「復古」特徵，這與當時的時代潮流是相逆的。對於這點，青年茅盾的意識非常清楚。他在批判學衡派中所表現出來的自覺意識，表明他不僅在對待具體的文學問題上，而且在對待整個思想文化問題的思考能力上，都有了重大的進步。

通過與鴛鴦蝴蝶派和學衡派的論戰，青年茅盾進一步堅定了自己的新文化和新文學立場，也促使他以冷靜的態度關注社會政治的發展和文壇的各種變化，思想視野更為開闊，對問題的思考也更有現實感。

三

這一時期，文學研究會與成立稍晚的、在中國現代文學史上也產生過巨大影響的創造社之間，曾發生過一場持續了三年之久的論爭。由於茅盾個人的理論興趣和他在《小說月報》的特殊地位，使他成為在文學研究會方面參與這場論爭的主要代表。如果說，前述的兩場爭論發生在新文化、新文學與其他文化和文學派別之間，那麼，這一次的爭論則發生在新文學內部。

對於文學研究會和創造社，這兩個同屬新文學陣營內部的重要團體之間發生爭論的原因，歷來有多種說法，其中有學理和見識上的分歧，也有文學觀念上的不同，還有門戶之間所導致的誤解，除此之外，還存在著因文化背景和年齡層次的差異而帶來的文化姿態各異的因素。文學研究會直接秉承了五四新文化運動的啟蒙精神，雖然成員中大多是新文化運動的第二代作家，但在思想意識和文學觀念上，新文化運動的第一代成員陳獨秀、胡適、魯迅、周作人等起著靈魂和核心的作用，這一點僅從茅盾在改革《小說月報》時，胡適、魯迅和周作人對他的多方面的指導和影響中就可以看出。茅盾對

寫實主義的提倡顯然與胡適的影響有關；周作人更是對刊物的編輯作過多方面的指導。而創造社則是一個完全由青年人集合起來的文學團體，在 1921 年創造社成立時，年齡最大的郭沫若也只有 28 歲，他們大多數沒有像文學研究會成員那樣有穩定的社會職業，更少傳統文化的束縛，更能自由地表現心靈，因而態度更爲激烈，更容易採取浪漫主義的方式。而茅盾雖然要比郭沫若小三歲，但在個人學養、文化背景和社會地位上都與創造社成員有著較大的差異，尤其是因爲他較早地來到上海這個現代大都市謀生，對中國的社會現實特別是上海複雜的環境有了較深的了解，這就使他在對文學觀念的選擇和文學現狀的判斷上，除了受第一代作家的影響外，更容易面對現實。

概括地說來，雙方論爭的內容主要涉及三個方面：一、關於文藝創作和文藝批評；二、關於如何介紹外國文學；三、關於文學翻譯。這三個方面的爭論是交錯進行的。

第一個問題是關於文藝創作和文藝批評。1922 年 2 月，茅盾在《小說月報》的通信欄裡答覆一個讀者來信時曾說過，「主觀的描寫常要流於誇誕，不如客觀的描寫來得妥當」，「歷來成功的文學家並非都是大天才」。在另一則通信裡談到郁達夫的《沉淪》時，茅盾認爲其中主人公的性格很是眞實，始終如一，也略有細微的發展，這是成功的一面，但作者自序中所說的靈肉衝突，卻描寫得失敗了。

於是，這年 5 月 1 日出版的《創造》季刊創刊號中，便有郁達夫的《藝文私見》和郭沫若的《海外歸鴻》兩篇文章。郁達夫的文中有「現在那些在新聞雜誌上支持文藝的」「假批評家」，是「伏在明珠上的木鬥」，只有送他們「到清水糞坑裡去和蛆蟲爭食物去」，「那些被他們壓下的天才」，才能「從地獄升到子午白羊宮裡去」等話。郭沫若的文章中也有指責中國的批評家「黨同伐異」，「和卑陋的政客不相上下」，愛以「自然主義」、「人道主義」等死板的主義來規範活體的人心等語。

郁達夫、郭沫若雖然沒有點名，但顯然是針對茅盾的上述通信中的論點而發的。茅盾看到後，頗有感觸，認爲《小說月報》「一年來努力提倡新文學，反對鴛鴦蝴蝶派，介紹外國進步文學，結果卻落得個『黨同伐異』和壓制『天才』的罪名，實在使人不能心服」。尤其是這種指責來自於他們曾經力爭與之合作的創造社，更覺得不能接受。於是就以「朗損」的筆名，在《文學旬刊》第 37、38、39 期連載發表了《〈創造〉給我的印象》，這就揭開了這

場持續三年之久的論戰之序幕，隨後，創造社一方的郭沫若、郁達夫、成仿吾等都有文章發表。撇開雙方的相互指責和意氣用事的成分，論爭中主要體現了文藝觀念的差異。早期創造社提倡「眞正的藝術品當然是由於純粹的主觀產出」（郭沫若《論國內評壇及我對創作上的態度》），因而反對藝術的功利主義，而茅盾及文學研究會的一般作家都認同「爲人生」的文藝觀，雖然在學理上兩者並不一定構成完全的對立，但爭論雙方卻以對立視之。後來創造社也開始改變早期的文藝觀，強調文藝的社會作用，這一個問題的爭論就沒有繼續下去。

　　爭論的第二個問題是關於介紹外國文學作品。茅盾在譯介外國文學問題上，主張應審時度勢，分個緩急，要切要、經濟地介紹，認爲翻譯外國文學作品「於主觀的愛好心外」應「再加上一個『足救時弊』的觀念」。而郭沫若則認爲只要譯本對譯者有足夠的藝術感染力，那麼「無論在什麼時代都是切要的，無論對於何項讀者都是經濟的」。說到底，爭論背後還是有不同的文藝觀念在起作用。

　　第三個方面的爭論更具體，也更瑣碎，是關於譯作中的錯誤問題。雙方對對方刊物發表或由對方成員翻譯的作品中出現的錯誤都有指責和辯解，有的爭論文字帶有過多的意氣。

　　關於茅盾參與的這一場爭戰的起因與具體細節，至今仍有許多種說法。但從茅盾個人文學思想的發展角度看，這次論戰給他帶來的影響，主要表現在兩個方面。首先，由於爭論發生在新文學內部，而且又集中在上海這個信息交流頻繁的城市裡，從而也成爲茅盾的個人思想發展的一種特有的環境；《小說月報》主編的地位又使他成爲文學研究會方面的主要發言人，從而使他感受到了新文學陣營內部在文學觀念和人際關係上的複雜性。其次，最主要的是爲他提供了對文學創作和文學翻譯問題的思考機會。就茅盾個人來說，在與創造社論戰之前，雖然也關注文學創作與翻譯問題，但從未像論爭中那樣形成巨大的思想壓力，迫使他對這兩個問題作進一步的思考。而對中國新文學來說，在這場論戰前，也的確未曾就新文學創作和文學翻譯展開過如此大規模的討論。

　　在茅盾接任《小說月報》主編後，他把主要精力都集中在文學批評和文學翻譯上，從《小說月報》的編排體例看，文學創作相對要薄弱一些。這當然有當時文壇創作缺乏好作品的客觀因素，但也與茅盾其時的精力分布有

關，一方面他把主要精力都投放在文學批評和文學翻譯上，而並沒有想要在文學創作上發展自己，因而也就相對忽視了新作家和作品的發現和挖掘；另一方面，從茅盾當時對新文學的批評文字看，其論述角度也多宏觀把握而少微觀分析。

而創造社同仁標舉「創造」，首先就體現了他們對文學創作的重視，這也是創造社的最大特色。早期創造社成員中，除成仿吾外，郭沫若、郁達夫、張資平、田漢等都是以創作引人注目的。創造社指責茅盾等人是「空頭批評家」，固然帶有強烈的個人感情色彩，但他們這樣尖刻的指責，倒不能不刺激茅盾認真關注文學創作問題。事實上，爭論的結果也確實使茅盾進一步關注起文學創作。

在這一時期茅盾的評論文章中可以看出這一重要變化。他以具體作家作品為專門分析對象的文章，正始於論戰期間。《〈創造〉給我的印象》是他最早以新文學作家作品為分析對象的評論文章，說明他開始認真注意新文學的創作，並結合具體作家作品思考文學問題。之後發表的《文學家的環境》（1922）、《讀〈吶喊〉》（1923）、《「大轉變時期」何時來呢？》（1923）等文章，不是直接論述新文學作品，就是立足於新文壇的具體現狀，對文學創作的具體問題予以細緻的考慮。1923 年後，他不再籠統地說新文學缺乏好作品了，相反總是以具體作家作品為依託，從創作取材、人物心理刻畫和作品表現形式等諸多具體問題中，分析新文學的創作現狀。這一變化，標誌著茅盾的文學思考，從對批評理論的一般運用轉向根據文學創作的思維特徵和具體表現技巧，逐漸形成了較為系統的考慮，從而為他在大革命失敗後迅速轉向文學創作，打下了紮實的基礎。

其實，茅盾與創造社論爭的第二和第三個問題是密切相關的。這些爭論雖然不免帶些意氣，但就茅盾個人的成長歷程看，也有積極的思想影響作用。首先，面對創造社對翻譯錯誤的指責，茅盾及其同仁都進一步對翻譯作品的準確性予以重視，也刺激他們去學好外文，他與當時商務的幾個同事，就發憤自學日、德、法三種語言，並請好老師，每週學三個晚上，用意在於以後能從這三種文字的原文中譯取文學名著，以提高譯作的準確性。其次，在總結以往翻譯經驗的基礎上，對具有普遍意義的翻譯問題進行深入思考，這一時期，茅盾發表了《「直譯」與「死譯」》等一系列翻譯理論文章，在現代文學翻譯史上也有其相當的價值。第三，這場爭論使茅盾在偏重東歐及弱

小民族文學介紹的基礎上，也開始對歐洲經典作家作品進行介紹。當然，創造社強調對歐洲經典作家作品的介紹，並不一定迅速被茅盾等人接受。1923年茅盾辭去《小說月報》主編職務，但仍在商務編譯所工作，在他自己確定的工作計畫中，對外國文學的譯介部分他選擇了兩個題目：一是標點林紓翻譯的《薩克遜劫後英雄略》（現通譯《艾凡赫》）和伍光建譯的《俠隱記》（現通譯《三個火槍手》）、《續俠隱記》，二是分別給這兩部書的原作者司各特和大仲馬寫評傳。雖然這些工作也有其本身的價值，後者在同類研究中甚至還是空前的，而從譯介歐洲文學以利於新文學發展的角度而言，其選擇的對象在英國文學史上的代表性是有限的。但是，與創造社的爭論迫使茅盾認眞地閱讀歐洲經典著作，如他對《戰爭與和平》譯本的比較，就與郭沫若的論爭有關，這無形中增加了他學習外國經典作品的意識，對他本人文學素養的提高和對小說文體的熟悉都有極大的幫助。就這樣，茅盾在文學研究會同仁的幫助促進下，特別是通過編輯雜誌、參加文學論爭的文學實踐鍛煉，由最初對文學問題的個人感受和體會，逐漸向較爲系統的文學思考過渡、發展。他的文藝爲人生的文學思想也在批評實踐中逐步形成，從而被推舉爲文學研究會的理論代表。同時，茅盾早期文藝思想在爭論中逐漸形成的獨特歷史，也鑄就了他以後的理論個性，即他的文學理論不是以系統的體系爲特點，而是具有鮮明的實踐性特徵。當然，這裡所說的實踐，除了上述的文學批評、文學論爭和文學編輯之外，還包括他在政治、社會活動等領域的實踐活動。

第四章　政治與文學的交錯

一

　　在前三章的敘述中，我試圖勾勒出這樣一幅圖景，即茅盾如何從一個普通的北大預科畢業的青年學生，成長為一個著名的青年文藝批評家，文學研究會的理論代表，新文學陣營中的重要成員。在這一成長過程中，茅盾所處的生活與工作環境——上海這個近代開放城市是中西文化的集中交匯處，商務印書館的獨特文化氛圍及其在時代文化變遷中的地位，新文化和新文學運動發展的格局與時勢的變化等——為他提供了極好的外在條件；同時，他本人的遠大抱負、勤奮努力和出眾才華，使他能及時地抓住外界提供的機遇，充分地發展自己。單從這一幅圖景看，茅盾似乎生來就是要成為一個出色的作家、批評家兼編輯家的，這也是後來他在大部分讀者心目中的形象。但事實上，這個勤勉好學，富於才情，少年成名的文人形象，僅僅是茅盾人生歷程的一個側面，而他的另一個側面恰恰是熱心政治和社會活動，是自中國共產黨建黨初期起就積極投身社會革命運動的文化和社會活動家。應該說，這兩個側面的交錯和重疊，才構成青年茅盾的完整形象。不僅如此，在茅盾成為新文學的著名作家以前，從其個人的熱情和興趣而言，他更傾向於後者，而文學繆斯雖然也富於魅力，但這時候對他來說更多的仍是一種職業活動。

　　青少年時代的茅盾並不完全是聰慧而循規蹈矩的好學生，謹慎與理智的氣質是在後來的人生與社會磨礪中慢慢獲得的。早在辛亥革命時期，在嘉興府中學讀書的茅盾年方十六，他感受於當時的革命風潮，因為反對學監的專

制而被「除名」過。自從進入北大預科學習後，至進入商務印書館的前幾年，茅盾的確處於一個潛心讀書、認眞編譯、勤奮寫作的平穩時期。

1919 年 5 月 4 日，北京學生發動了偉大的反帝愛國運動，全國各地的學生和各階層紛紛響應。五月中旬，上海學生實行同盟罷課，北京學生派代表到上海進行宣傳聯繫。當時潛心讀書，素來不喜歡走動的茅盾，也走上街頭，參加集會，聽來自北京的學生代表的演講。這大概是茅盾在走出校門後參加社會活動的開始。

這年下半年，茅盾在家鄉發起成立了「桐鄉青年社」，他們出版了同仁刊物《新鄉人》，由茅盾主編。旨在提倡新思想、新文化，反對舊文化、舊道德。從現存的兩期《新鄉人》可以知道，茅盾先後至少有五篇文章在這一刊物上發表。1922 年春，正忙於《小說月報》編務的茅盾還特地從上海趕到嘉興，參加桐鄉青年社的會議，會議決定擴大組織，改會刊《新鄉人》為《新桐鄉》，並擴大發行，茅盾利用在商務印書館的有利條件，負責雜誌的總編務。桐鄉青年社還組織暑期演講會等活動，直到 1924 年江浙軍閥混戰時才停止活動。這是茅盾受五四新思潮影響，參加並領導的第一個進步文化社團。

1920 年起，茅盾一方面忙於商務編譯所的工作，助編《學生雜誌》和受命改革《小說月報》的「小說新潮」欄，另一方面，也開始參與中國共產黨的早期創建活動。

這年年初，陳獨秀由北京回到上海，住在法租界環龍路漁陽里 2 號，為了籌備《新青年》雜誌重新在滬出版的事宜，他邀陳望道、李漢俊、李達和茅盾到他的寓所談話。這是茅盾第一次和陳獨秀見面。這位曾經創辦過《安徽俗話報》，參加過同盟會與辛亥革命，進過袁世凱的監獄，後又創辦《青年雜誌》（即《新青年》的前身），擔任過北京大學文科學長，領導過五四新文化運動的著名人物，卻出乎意料的隨和、直率和幽默，給茅盾印象很深，覺得他沒有一點「大人物」的派頭。5 月，移滬後的《新青年》出版了第 1 期，從此它完全成為一本政治性的期刊。7 月，陳獨秀、陳望道、李漢俊等發起的上海共產黨小組成立。10 月，茅盾由李漢俊介紹，加入了上海共產黨小組。在此期間，北京、武漢、濟南、廣州、長沙等地的共產黨小組也相繼成立。

9 月間，上海黨小組已經把《新青年》改組為它的機關刊物，著重宣傳馬

克思列寧主義理論，介紹俄國革命和建設的情況。於是又於 11 月間創辦了
《共產黨》月刊，主要介紹共產黨的理論和實踐，以及第三國際和各國工人
運動的材料。給這個刊物寫稿的都是共產黨小組的成員。茅盾參加共產黨小
組後，主編李達就約茅盾寫文章。他在該刊的第二、三、四號上有譯文六
篇，撰文一篇。其中第二期就發表了四篇譯文。據茅盾晚年回憶，通過這些
翻譯，「我算是初步懂得了共產主義是什麼，共產黨的黨綱和內部組織是怎樣
的；尤其《美國共產黨宣言》是一篇馬克思主義理論及其運用於無產階級革
命實踐的論文，它論述了資本主義的破裂、帝國主義、戰爭與革命、階級鬥
爭、選擇競爭、群眾工作、無產階級專政、共產主義社會的改造等等。」這
可以說是茅盾第一次接觸具體的馬克思主義及其政黨理論，對他以後所從事
的革命文化和社會活動意義重大。與此同時，茅盾還給改版後的《新青年》
譯寫文稿。

　　就在這年年底，當茅盾緊張地準備接任《小說月報》主編時，在老家的
母親一再來信催促茅盾在上海找好房子，因為妻子孔德沚懷孕已有半年，母
親想與兒媳　起搬來上海居住，相互間也好有個照應。

　　茅盾的婚姻是家族包辦的，在他五歲時，就由祖父定下了。茅盾進商務
印書館的那一年春節，母親因為未來的兒媳不識字，特地徵求茅盾的意見。
茅盾一方面要盡力在商務立足，一方面要考慮這樁包辦的婚姻。他左思右想，
為了減輕母親的負擔（因為如退婚，守寡的母親會受到許多壓力），於是就決
定在第二年春節舉行婚禮。婚後茅盾給妻子取名德沚，因為她原來只有乳名
「阿三」，並無正式名字。結婚後的三年裡，茅盾一直忙於商務的工作和讀書
著文，妻子則一直在浙江老家。

　　茅盾經母親的一再催促，便開始在上海尋租合適的房子，直到 1921 年二
三月間，才在寶山路鴻興坊找到了合適的房子。這樣，母親同妻子便搬來上
海，茅盾也開始了正常的家庭生活。母親踏進兒子精心佈置的房間，看到新
添的傢俱，感到很滿意。當她發現茅盾的兩隻大書架上滿滿地排著洋書時，
不由地一笑：「怪不得你錢不夠花，要寫文章賺外快！」原來，她聽說茅盾
每月有 60 元的工資還要熬夜寫文章「賺外快」，很擔心他的身體，甚至懷疑
他是否結交了女朋友才會有這麼大的開銷。現在看到這一切，以往的疑意
冰釋了，但又心痛起兒子來，叮囑道：「現在你當了主編，月薪 100 元；家庭
開銷和買書也足夠了，還是少開夜車，保重身體為好。再說你快要做爸爸

了，也該分些精力籌畫籌畫；比不得你一個人在上海時，一人吃飽了全家不餓！」茅盾只是微笑著答應，並不與母親爭辯。他白天照樣上班，忙他永遠也忙不完的事。晚飯後先陪母親和妻子聊聊天，然後回房，照樣熬夜讀書寫文章。

這年 4 月，一個女孩呱呱墜地。他就是茅盾的女兒沈霞，小名亞男，抗戰勝利那一年，因人工流產事故在延安去世，這是後話。現在，小生命的誕生給全家帶來了無窮的樂趣，當然也使家裡變得忙亂起來，但所有這一切，都給家裡籠上一層溫馨的安寧的色彩。望著慈母賢妻和愛女，茅盾陡然意識到自己有一個真正的家了。

二

這一年茅盾 26 歲。若按傳統的觀念，這時候的茅盾可謂已是成家立業。他不僅已在商務編譯所完全站穩腳跟，而且還擔任了全國最大的新文學雜誌的主編；作為文學研究會的發起人之一，已躋身於新文化和新文學人士之列；他的譯著文字也已在同行和讀者中頗有影響了；安頓了一個溫暖的家庭，又做了父親。人處於這樣的境地，通常會傾向於用勤奮和努力，平穩地去鞏固和積累已有的成就，而不會去冒多大的風險。從茅盾的一生看，他這兩年的事業確實處於一個輝煌時期，他本可以更專注地撲在雜誌的編務和自己的編譯、寫作與研究上，通過編輯和寫作來成就一生的事業，這條路雖也充滿了平凡的勞作和創造的艱辛，但總不像從事政治活動和社會革命那樣布滿了暗礁險灘，何況是處在那樣風雨如晦的時代裡。但茅盾無法使自己平靜下來，無法使自己專注於文學和文化工作。他一方面緊張而繁忙地編稿寫稿，參與新文學和新文化的活動；另一方面積極地投身於中國共產黨的早期組織活動和社會革命實踐，用他自己的話來說，他那時正經歷著「複雜而緊張的生活、學習和鬥爭」，是處於「文學與政治的交錯」時期。

1921 年 3 月，五四之後的第一個新戲劇組織「民眾戲劇社」在上海成立，並在 5 月創辦了中國新文學史上最早的專門性戲劇雜誌《戲劇》月刊，創刊號的封二刊列的「民眾戲劇社社員題名錄」中，第一個就是「沈雁冰」。據說，戲劇社的社名就是茅盾根據法國作家羅曼‧羅蘭所倡導的民眾戲院活動而擬的；而且，戲劇社的宣言中所說的「當看戲是消閒的時代現在已經過去了，戲院在現代社會中確是占著重要的地位，是推動社會前進的一個輪子，又是

搜尋社會病根的 X 光鏡。」這明顯與文學研究會的「文學爲人生」的精神是相通的，從中也可以看出茅盾在其間所起的作用。

1921 年 7 月，中共第一次全國代表大會在上海召開，宣告中國共產黨正式成立。從此，中國革命開始了一個全新的階段。第一次黨代會代表全國五十多個黨員，茅盾就是這第一批黨員之一。他是新文學隊伍中最早「信奉馬克思主義」、最早成爲中共黨員的作家。

黨成立以後，茅盾的生活更加緊張忙碌了，因此，一開始還引起了母親和妻子的疑慮。母親和妻子來滬後，茅盾雖然可以在日常相處中向她們灌輸革命思想，使之對共產黨有一定的認識，但卻不能隨便暴露自己的黨員身份。黨中央鑒於茅盾在商務編譯所的有利條件，讓他利用其單獨編輯《小說月報》，經常處理來稿、接待作者之便，擔任中共中央的聯繫員。全國各地黨組織來信或來人，均由茅盾仲介。來人對過暗號，茅盾安排其住下，再和中央聯繫與之會面。來信則寫沈雁冰名字，內封則寫「鍾英小姐」，或乾脆寫沈雁冰轉鍾英小姐收。「鍾英」是「中央」的諧音。每天由茅盾將來信匯送中央。久而久之引起了編譯所其他人的猜疑，以爲這「鍾英小姐」是茅盾的「第三者」。有一次鄭振鐸將信拆開看了，這一看使他大吃一驚！但這時鄭振鐸已是同情與支持共產黨的進步人士，當然要代茅盾保守這個秘密，所以也不去澄清那些有關茅盾的流言和猜疑。因此，後來茅盾將主編移交鄭振鐸後，本想辭去商務編譯所的職務，而總書記陳獨秀爲了保持工作的連續性，沒有同意茅盾離開商務。此後的聯絡員工作，茅盾就得到了鄭振鐸的很大幫助。

時間久了，這「鍾英小姐」的神秘傳說，也傳到了老太太和孔德沚的耳朵裡，而且他參加黨的會議也引起了別人的懷疑。據茅盾後來回憶，這段時間他是夠忙的，白天要天天往編譯所去，除了因爲編譯工作確實很多以外，中共中央聯絡員的職責更需要這樣，因爲說不定哪天會來人或來信，而事情又不能耽誤；另外，茅盾在黨內被編在中央直屬支部，這時，由於第三國際代表馬林的堅持，中共一大期間在廣州的陳獨秀已回到上海，中直支部平時就在法租界環龍路漁陽里 2 號陳獨秀寓所開會，每週有兩次會議。如在晚上開會，茅盾從法租界回到寶山路的家裡，往往是半夜已過了。如果不把眞實情況向母親和妻子說明，而借託在友人家裡商談編輯事務，免不了會引起她們的疑心。於是在徵得組織同意後，茅盾便向她們公開了自己的身份，並解

釋了「鍾英小姐」是怎麼回事兒，婆媳倆這才恍然大悟。不久以後，孔德沚自己也在瞿秋白夫人楊之華的影響和介紹下加入了中國共產黨，並與楊之華一起積極參與黨的婦女工作。從此，每當茅盾不歸時，母親寧肯自己晚睡守門，而讓孔德沚帶著孩子早睡。這年冬天，陳獨秀的寓所被法租界的捕房查抄，陳獨秀夫婦被捕，不久雖然獲釋，黨的會議地點卻不得不經常更換了，於是支部會有時也在茅盾家舉行。

這一年，茅盾的另一項革命工作是在平民女校任教。平民女校是由中國共產黨創辦的，它以半工半讀為號召，目的是培養一批婦女運動工作者。女校由李達任校長，茅盾的弟弟沈澤民也是創辦人之一。學生不過二三十人，大多來自外地，其中就有後來成為左翼著名作家的蔣冰之（即丁玲）和後來成為瞿秋白第一個夫人的王劍虹等。在女校授課的老師除了茅盾之外，還有陳獨秀、陳望道、邵力子、沈澤民等，他們都是義務授課。

此外，茅盾還直接擔負著在商務印書館的建黨和發動工人運動的工作。這年冬天起，茅盾積極參與組織上海印刷工人工會，第二年「五一」節，茅盾等人召集了三百多人的紀念「五一」勞動節的群眾大會，這是他直接參與組織的第一次大規模的群眾集會，他還在會上作了關於「五一」勞動節由來和意義的演講。剛開講不久，租界的巡捕就來干涉，經巡捕一衝，集會的群眾便大多散去。雖說集會並不十分成功，但對茅盾來說，獲得了從未有過的工人運動和集會的演講經驗。本來他並不是一個健談的人，但演講的機會多了，口才也就慢慢練出來了。這年和次年的夏天，茅盾還應邀去松江作題為《文學與人生》和《什麼是文學——我對於現文壇的感想》的演講。晚年的茅盾回憶道：「那幾年，類似這樣的演講會，我還參加過不少，成為我社會活動的一部分；講演的題目不限於文學，也講時事，講國民運動，講婦女解放問題，甚至講外交政策。」

這麼多的政治和社會活動，卻是與極其繁重的編輯和寫作工作同時進行的。在 1921、1922 兩年裡，《小說月報》的編務幾乎是他一個人承擔的（鄭振鐸進入商務印書館後才為他分擔了許多事務）；另外，僅在這兩年間的《小說月報》中，他就自譯自撰文章 33 篇，這還不包括 237 篇「海外文壇消息」和許多公開信。此外，茅盾還在《文學旬刊》、《民國日報》、《時事新報·學燈》等報刊上，發表各類文章 169 篇。僅從這些數字，也可以看出青年茅盾當時旺盛的精力和工作熱情。

　　1922 年底，茅盾在編完《小說月報》第 13 卷第 12 期之後，終於正式辭去了主編職務。由於兩年來他所主持的刊物的全面改革在新文學界具有廣泛影響，辭職事件很快為文壇所注目，成為文壇新舊兩種力量消長過程中的一個重要事件。但若從《小說月報》後來的發展來看，在茅盾後接任主編的鄭振鐸在編輯方針上基本保持了原有的格局，只是在具體風格上有所變化，比如相對重視文學創作，而在文學批評和譯介方面與茅盾時期相比略為遜色。所以客觀地說，茅盾的辭職事件並沒有給新文學發展的整體帶來實質性的損失。當然其所以如此，除了新文學的發展已成為不爭的事實之外，也正說明了茅盾這兩年來的革新努力所取得的成效。但是，如果從茅盾的個人生命歷程看，這一事件對他的刺激很大，也對他以後的生活方式帶來相當程度的影響。

　　在與鴛鴦蝴蝶派的爭論中，茅盾的態度旗幟鮮明，他十分清楚而自信地認為，這種迎合市民大眾的文學觀念和文學現象，必將被新文學所淘汰。顯然，他的這種五四新文化人士所共有的知識分子中心意識，對現代都市市民文化的合理性和進步性缺乏辯證的認識；同時也沒有充分意識到，分別代表了知識份子的精英文化和大眾文化的兩種文學思潮在反抗封建傳統、倡導個人自由方面的共同前提；而且，文學現象和文學思潮的消長，不僅是一個觀念問題，它更是各自的建設性成就的較量與競爭，也與讀者趣味的普遍水準和文學市場的商業性因素有著密切的聯繫。所以，當發現代表著商務資方利益的編譯所長王雲五違背前約，暗中檢查他編發的《小說月報》稿件而提出強烈抗議時，一方面他可能只注意到館方這一舉動的立場因素而相對忽視了其背後的經濟原因。其實，館方的干涉更多的是擔心與《禮拜六》的爭論會給商務帶來經濟上的損失，而只要能穩穩當當地帶來經濟利益，他們也並不反對甚至歡迎新思潮和新文化。另一方面，當時茅盾對兩種文學思潮的力量對比也過於樂現了些，所以，當他在抗議中給館方提出兩種選擇——要麼館方取消內部檢查，要麼他辭職時，他對館方的讓步還是抱有希望的。他希望以其改革後的《小說月報》兩年來的廣泛影響和由他辭職而可能引起的輿論壓力，迫使商務當局作出讓步。雖說他對相反的結局不是完全沒有準備，但當它真正成為事實時，他還是頗感意外，至少有一種十分強烈的受辱感和被出賣感。所以，他在一氣之下真想乾脆離開商務編譯所。只是由於共產黨的總書記陳獨秀出於黨的工作考慮，勸他留下繼續擔任中央聯絡員之職，再加上商務方面的竭力挽留，他才沒有馬上離開。

不過，當茅盾最後發覺商務館方以他的主編之職作為平息鴛鴦蝴蝶派文人之怒氣的一個籌碼時，他並沒有被屈辱和憤怒所壓倒，相反卻激起了他更加強烈的鬥志和更加旺盛的生命力。他利用卸職前的兩期刊物，加倍堅決地批評了鴛鴦蝴蝶派。辭去主編之職後，他一方面繼續頻繁地發表文藝譯著和社會評論，繼續在文藝和文化思想界發揮他作為新文化第二代傳人的影響，並在實踐中發展自己的文藝思想；另一方面則以更大的激情投身於政治和社會活動的實踐之中，從而真正進入了文學家和政治家的雙重身份時期。

三

從 1922 年底辭去《小說月報》主編起到大革命時期，茅盾人生中的最大變化，就是參加政治和社會活動的次數比以前大大增加了。以前，他的公開身份和固定的職業是商務編譯所的成員和《小說月報》的主編，雖然他也以一個共產黨員和新文化人士的身份積極參加各種政治和社會活動，但現在的情況開始有了新的變化。

從 1923 年起，茅盾不再負責《小說月報》的編輯工作了。但按當初館方挽留茅盾時所作的承諾，編譯所不對他的工作作具體規定，既不確定內容，也不受工作量的限制，編什麼、怎麼編、多少時間完成都由茅盾自己決定，只要通報一下編譯所就可以了，而茅盾的薪水仍保持不變。從館方來說，這樣寬厚的待遇只有那些資深編輯才可享受得到，這除了出於留住茅盾以免他離館後另創雜誌或出版社而成為商務的競爭對手之外，另外也算是對茅盾前一階段工作的一種報答，也是對他憤而辭職的一種補償。茅盾除了仍為繼任主編鄭振鐸編輯「海外文壇消息」外，對於館內的編輯工作有兩項打算：一是標點林琴南譯的《薩克遜劫後英雄略》（英國司各特著，現通譯《艾凡赫》）和伍光建譯的《俠隱記》、《續俠隱記》（法國大仲馬著，現通譯《三個火槍手》、《二十年以後》）；二是給「國學小叢書」編選《莊子》、《楚辭》、《淮南子》，標記加注。這些工作雖然也不能不說是一種文化普及和建設工作，但與前一階段所做的工作相比，畢竟與他所投身的新文化和新文學運動有一段距離。他畢竟還拿了商務的一份相當豐厚的薪水，上有老下有小的茅盾，也確實少不了一份穩定的經濟收入以養家糊口。而在這個時期，他把大量的精力投入到與中國共產黨有關的政治和社會活動之中。

1923 年 5 月，茅盾與弟弟沈澤民一起，來到上海大學執教。上海大學是

中國共產黨繼平民女校之後創辦的第二所學校，校長由國民黨左派于佑任掛名，實際辦事的都是共產黨員，鄧中夏、瞿秋白、陳望道等都擔任該校的教職和領導職務。根據《上海大學史料》所載，茅盾那年在中文系講授《歐洲文學史》和《小說作法》，在英文系教《希臘神話》，他還以教職員代表的身份，當選爲校行政委員會委員。看來，與兩年前他在平民女校相比，工作量是大大增加了。

　　當時上海大學在閘北青雲里，是個名副其實的「弄堂大學」，學校的教學設施很簡陋，但民主空氣很濃厚，學生也都是來自各地的進步青年，後來的許多優秀革命幹部都出自那裡。上海大學青雲里的校址離茅盾寓所很近，而瞿秋白的寓所又在茅盾家附近，他們倆的深厚友誼也就是從這裡開始的。當時瞿秋白的第一位妻子王劍虹已經去世，不久瞿秋白又與在上海大學讀書的楊之華結了婚。這樣，孔德沚也就結識了楊之華，並在楊的引導下，自那時起參加了革命活動。不久，同在上海大學執教的沈澤民攜妻子張群秋寄居在茅盾家，張群秋在上海大學讀書，而張群秋與孔德沚又曾是愛國女校的同學。這樣，三個革命家庭便來往密切，親情、友情加同志之情，在這群青年革命者中營造了一種濃烈的氛圍，也給茅盾的精神帶來很大的慰藉。

　　這年 7 月初，茅盾剛剛在松江暑期講演會作完《什麼是文學——我對於現文壇的感想》的報告回到上海，就參加了中共上海全體黨員大會。大會的主題是貫徹全國第三次黨代表大會的決議：實行國共合作，共產黨員以個人身份加入國民黨。會上還成立了上海地方兼區執行委員會，除負責上海地區外，還領導江、浙兩省的黨組織，以此取代原先領導上海黨組織的上海地方委員會。茅盾被選爲執行委員，並被任命爲國民運動委員兼下設的國民運動委員會的委員長，負責領導與國民黨的合作，發動社會各階層的進步力量參加革命運動的統戰工作。茅盾領導下的委員有：林伯渠、張太雷、張國燾、楊賢江、董亦湘等八人。執委會通常是一個星期開會一次，但工作緊張時則天天有會。

　　在這年 8 月 5 日的第六次執委會上，茅盾結識了代表黨中央出席上海執委會的中央委員毛澤東。這次會議決定，茅盾除負責國民運動委員會以外，還要參加另外一個負責發動和領導工人運動的專門機構，這個機構由原來黨內的勞動委員會和公開的勞動組合書記部合併而成。毛澤東還派茅盾代表中央做陳望道、邵力子等人的思想工作，他們因在工作中與陳獨秀的意見不合，

不滿陳獨秀的家長作風而準備退黨。這期間，茅盾還一度代理執委會委員長的工作。

1923 年 9 月，上海地方兼區執委會實行改組，茅盾任執委會秘書兼會計。國民運動委員會的工作則擴大爲統管工商農學婦各方面的運動。茅盾因已經在報刊發表過大量有關婦女問題的文章，從而作爲婦女運動理論家的身份與向警予一起負責婦女運動工作。1924 年 1 月改選第二屆執委會時，茅盾以高票數重新當選，足見他的工作深孚眾望。但結果是，他仍擔任秘書兼會計。除領導日常工作外，他還參與領導紀念「二七」大罷工集會、列寧追悼會、組織黨員以個人身份加入黃炎培領導的平民教育促進會，印發傳單等工作。直到 1924 年 3 月底，茅盾應邵力子之邀接編《民國日報》副刊《社會寫眞》（後改名爲《杭育》）時，他才辭去執委會的職務。

四

在從 1923 年初起的一年多時間裡，茅盾雖然仍有不少文章和譯作發表，但與他在這段時間裡所做的政治工作相比，這些文字幾乎都是在政治活動的間隙寫成的，前兩年的那種「白天搞文學，晚上搞政治」的兩棲狀態已經改變，「現在是連白天也要搞政治」了，儼然是一個職業革命家的形象，而作爲一個文學批評家，則只好轉向業餘了。

據中共上海地方兼區執委會當時留下的記錄，1923 年 8 月 12 日第七次會議決定：由茅盾代理執委會委員長的工作。又據茅盾回憶錄，當時任執委會委員長的鄧中夏，已被選爲社會主義青年團中央書記，看來這正是茅盾代理委員長的原因。雖然茅盾的回憶錄並沒有提及他曾代理委員長之事，但鄭超麟在他的《懷舊錄》中的記載，也佐證了茅盾代理委員長之事。所以，才有這年 9 月初的執委會小規模改組。改組的結果是，委員長由新增選的執委會委員王荷波擔任，茅盾則仍擔任執委會秘書兼會計之職。次年 1 月執委會換屆改組時，茅盾仍任原職，執委會委員長又由新當選的委員施存統擔任。爲什麼茅盾最終沒有擔任執委會委員長之職，全面負責上海地方兼區執委會的工作呢？這在大半個世紀後的今天，就無法確切地澄清了。就在兩個月後，也就是在 3 月下旬，茅盾便向執委會提出了辭呈。據茅盾晚年回憶錄所載，他辭職的原因是「因邵力子拉我去編《民國日報》的副刊《社會寫眞》（後改名爲《杭育》），加之其他事情的繁忙」，但沒有說明其他事情是什麼，也許年代久遠而記不起來了罷。

那麼，除了要去邵力子那裡編副刊外，這段時間茅盾還有哪些「其他事情」呢？據現有資料記載，茅盾在辭職後主要有以下幾個方面的工作：

一是繼續在上海大學執教。他在中文系和英文系都有課，還是校行政委員會的委員。又據鄭超麟回憶，1925 年下半年鄭超麟去上海大學任教時，茅盾還在那裡教課。

二是編《民國日報》的《社會寫眞》。據茅盾回憶：「在這段時間裡，幾乎每天要寫一篇短文，少則二三百字，多則五六百字。內容五花八門，都是抨擊時政，針砭時弊的雜文。因爲這一類文章過去我在《時事新報》上寫過，所以還能應付過來。」

三是這年 4 月印度詩人泰戈爾來華，茅盾奉中共中央的旨意，寫了《對於泰戈爾的希望》和《泰戈爾與東方文化》兩文，先後發表於《民國日報·覺悟》上，以表明中國共產黨對此事的態度。

以上三項都與黨的工作有關，或者說是黨的整體工作的一部分。其中前兩項要受時間的約束，尤其是《社會寫眞》的編輯撰稿確需大量時間。而商務的工作自他辭去《小說月報》主編後，因爲有館方的特許，反而有很大自由度。但這些似乎還不能成爲茅盾辭職的眞正原因。因爲上海大學的教務在一年多以前就已經開始了；而《民國日報》的編務是在辭職後才接手的。當時擔任該報主筆的邵力子雖然還沒有脫離共產黨，但他的邀請畢竟不是黨組織的安排，去與不去完全由茅盾選擇，因此，他的辭職一定還有其他原因。

雖然晚年茅盾對這一細節只用幾個字一筆帶過，但他當年發表的兩篇文章則曲曲折折地道出了個中緣由。一篇是發表在《文學》第 165 期的《一個青年的信札》（1925 年 3 月），文中借一個名爲「涵虛」的青年人之口，間接反映了作者對政治運動的距離感和徘徊於藝術和現實之間的猶豫心態。另一篇發表於五卅運動之後（《文學週報》1925 年 10 月 11 日），題爲「大時代中一個無名小卒的雜記」，作者在題記中有這樣一段話，頗有夫子自道的意味：

友人某甲……的記事冊，內中都是些雜碎的「見聞錄」。我讀了一篇，很感得趣味——一種難以名狀的趣味。甲先生在他的雜記中自稱那時代是「大時代」，但是我細翻那大時代的實錄，總不見甲先生的大名，那麼他大概只是一個無名小卒而已……

另外，據茅盾回憶，1924 年冬，剛剛結婚的瞿秋白做了茅盾的鄰居，兩人過

往甚密。期間，瞿秋白還代表中共中央出席商務印書館黨支部在茅盾家舉行的會議。他常常對茅盾談論時局和黨內問題，並與茅盾一起，議論黨內陳獨秀、彭述之等領導人的工作作風，茅盾也與他深有同感（茅盾《回憶秋白烈士》）。

由此看來，茅盾決定辭去上海執委會之職，實在是他自己的一種選擇。這種選擇並不就表明他對黨的事業，對自己的政治信仰的懷疑和動搖，而是一種個人的實踐和參與方式的選擇。對茅盾來說，到底是做一個冷靜地審視社會，面對時代發言的知識份子呢，還是當一名積極參與革命實踐的職業革命家？哪一種角色更適合他自己呢？一方面，動盪驟變的社會現實不斷地鼓舞起他參與現實政治的熱情，使他不甘於做一個純粹的學者文人；另一方面，職業革命家的生活方式和政治鬥爭的特性與自己的個性氣質和理想自我又有相當的距離。在時代的嚴酷現實和個人理想設計之間，這種選擇往往是艱難痛苦的，它後來幾乎伴隨了茅盾的一生。

果然，茅盾從 1924 年 4 月起接編《民國日報·社會寫真》，但只幹到 8 月底就又離開了。看來，這種每天需要趕寫出一篇雜感的工作，實在不是茅盾所能真正適應的。這也許可以反過來說明，茅盾在回憶錄中以此作為辭職的理由，很大程度上是一種託辭，真正的用意則是想與當時緊張的實際政治鬥爭保持一定的距離，並冷靜地思考自己在大時代中的角色選擇。

中編：再居上海（1925～1929）

──從革命漩渦中分離出來的人生反省

第五章　走進大革命風暴

一

自從茅盾感應於五四運動的時代風潮，參與了新文化運動以來，政治與文學同時吸引了這位富於理想與抱負的青年人，就像一個情感豐沛而浪漫的少年，同時面對兩個情態各異的美貌女郎的盼顧逗引一樣，他既禁不住心潮激蕩，又充滿種種猶豫和矛盾，兩股力量同時拉扯著他，折磨著他，使他不得安寧，他在其中某一方面的成功與失敗，都會成為對另一方面的退讓與進擊的原因，而任何一方對他的吸引，兩者間的糾結連動，又都具有時代氛圍、生活環境和個人性情等方面的合理依據。

具體到茅盾自五四到五卅前夕的經歷中，一方面是文人特有的敏感使他在主觀上不願過多地沉入職業化的革命活動之中；另一方面，文學革新中的挫折事實上又使他更多地捲入到政治風暴之中。富於學識與藝術素養的青年茅盾，儘管很早就參加了政治活動，成為中共第一批黨員之一，但政治與文藝畢竟存在著明顯的分野，政治活動必須直接面對現實，必須在殘酷的現實鬥爭中不斷地接受修正、鑒別和考驗，政治鬥爭的實踐性不可避免地使目的與手段有所分離。政治家所需要的是理想與激情、實踐的勇氣和素質、手腕和冒險精神，以及百折不撓的韌性，而茅盾雖然也具有改變舊世界的激情與理想，但他性情中的謹慎、內向和敏感的氣質，多少與政治鬥爭的殘酷性不相投契，這種氣質有與生俱來的因素，也與他多年來在商務印書館和上海這個現代都市環境中獨立謀生、奮鬥的經歷有關，還與他早年喪父，較早地成家立業並成為全家支柱的成年身份不無聯繫。上一章所述的茅盾「辭去」中

共上海地方兼區執委會的職務，到底是出於何種具體原因，現已無法完全核實，是對政治鬥爭的變幻兇險、對黨內鬥爭和人際關係的複雜性感到不適應，還是對自身的政治實踐能力缺乏自信？個人選擇的背後總有種種原因存在著，但因後來經歷了更多磨難與艱辛的茅盾更趨於謹慎，我們就無法從他那裡讀到與之有關的明晰的自剖自析之辭。

但在另一方面，政治與文學的拉扯到那時為止顯然還沒有完結。事實上，從 20 年代初到五卅運動，再到「大革命」時期，茅盾正逐漸將更多的精力投入到政治鬥爭和社會活動中去，而《小說月報》改革的受挫，即憤然辭去主編之職，又是他更多地捲入政治風暴，並希望以此實現自己社會理想的重要原因。其實，政治與文學在某種程度上是相通的，兩者都可以顯現對現實的批判和超越，尤其是在社會現實矛盾尖銳的時代環境下更是如此，茅盾對這一點也有深切的感受。他在 1923 年 10 月的《雜感》一文中說道：「世界各民族的文學全盛時代大都在治世，衰落時代大都在亂世；由亂世而入治，必先由文學界發出蓬勃的朝氣。我們於此覷得了文學與政治的關係。」（載《文學週報》第 90 期）

對作為新文學作家的茅盾來說，他的一生成就和局限都牽扯在文學與政治之間，這樣的經歷，就使他的文學成就富於自己的特色。從積極的角度說，這可以使他的文學創作、批評和編輯活動富於五四新文學群體所共有的現實戰鬥精神，能夠直面時代的弊端和現實的黑暗，具有時代氣息和實踐性特徵，從而遠離了那種純藝術的空中樓閣與象牙之塔，他在大革命失敗後的最初的文學創作《幻滅》、《動搖》和《追求》三部曲之所以不同凡響，就與他多年的政治鬥爭和社會活動經歷以及對大革命過程的親身體驗分不開；但這種政治與文學兩棲的生活，同時也不免使他有窘迫甚至消極的一面，有時是藝術家的敏感內向氣質妨礙了他在政治鬥爭中的義無返顧，使他終而沒能在政治領域有更大的作為，這倒也罷，他本來就沒有當一個職業革命家的夙願；有時則是政治的現實性束縛與損害了藝術，使他的作品不免給人們留下幾許遺憾。

從五卅到「大革命」失敗後的一段時期，是中國政治現實的大動盪、大轉折時期，也是茅盾人生的大轉變、情感的大起伏時期，還是他的生活空間的大變動時期，從上海到廣州，再到上海、武漢、盧山、上海和日本東京，短短的四年時間裡，他在時代狂潮的波峰浪谷間起伏顛簸著，相比之下，上海這個城市與他有著更多的關聯。

二

1925 年是一個多事之秋。

以孫中山爲首的廣東革命軍正經歷著陳炯明叛變的生死考驗；3 月 12 日孫中山逝世；7 月 1 日，國共合作的廣州革命政府成立，汪精衛任國民政府主席，中國出現了第二個政府，與北京的北洋政府相對立；地處兩個政府中間，又有中外多種勢力交錯並存的上海，這一年同樣也成爲全國乃至世界所注目的城市。

上海是中國工商經濟最爲發達的城市，也是全國產業工人和商業職員最爲集中的城市，既具有工人運動的社會基礎，又是中國共產黨這個無產階級先鋒組織的誕生地和主要活動中心。是年 1 月，中國共產黨第四次全國代表大會在上海召開，大會提出了加強無產階級對革命的領導權及農民同盟軍的問題，並將發動工人運動作爲一項重要的戰略內容。是年發生的震驚中外的五卅運動標誌著中國工人階級真正走上了中國革命的政治舞臺。

若將 1925 年上海的政治風暴與茅盾個人的活動情況加以對照考察就會發現，茅盾對五卅運動的參與是有一個漸次投入的過程的。

其實，五卅運動的序曲要追溯到前一年 6 月的閘北十餘家工廠的工人罷工，和當年 2 月的全市日商內外棉各廠的總同盟罷工。茅盾的回憶錄對 2 月份的工人運動敘述得較爲詳細。據他的回憶，在他的親朋好友中，許多人都參加或領導了這一持續近一個月的抗議運動。他們中有鄧中夏、向警予、楊之華（瞿秋白之妻）、張琴秋（沈澤民之妻）、胡墨林（葉聖陶之妻）和茅盾的妻子孔德沚等。其中鄧中夏還一度被捕，而孔德沚與胡墨林就是從此開始參加工人運動的。但這期間，茅盾除了在上海大學任教外，則埋頭「花了三個月的時間校注了《淮南子》，於 3 月 17 日爲該書寫了考證性的《序言》，「同時也爲校注《莊子》做了準備」。

1925 年 5 月 1 日，在廣州召開的全國勞動大會上，成立了中華全國總工會，從而推動了上海各級工會的相繼成立。但日本的紡織同業會卻對之不予承認，並串通租界當局與中國軍警一起，對之予以取締，於是引起了工人的抗議罷工。資方則關閉工廠並逮捕工人，衝突很快激化，遂發生了 5 月 15 日的槍殺工人顧正紅事件。當局的這一舉動猶如乾柴遇烈火，很快釀成了全市工人總罷工、學生總罷課的高潮。但直到五卅之前，沒有發現有關茅盾直接參與工人和學生運動的任何記錄。而已有的資料卻是，5 月 14 日，茅盾在完

成了《莊子》校注後，又撰寫了考證性的序言；與此同時，長篇論文《論無產階級藝術》正在寫作之中。

直到五卅當天，茅盾和孔德沚、楊之華一起，隨著上海大學宣傳隊參加了聚集南京路的工人學生的遊行隊伍。當他們來到先施公司門口時，前方有巡捕開了排槍，死傷十多人。退下來的人流將他們湧進了先施公司。在楊之華熟悉的先施公司某職員的幫助下，他們得以從後門撤出。茅盾為這場運動的壯烈場面所激動，當晚便激憤地寫下了《五月三十日的下午》一文，後發表於《文學周報》（6 月 14 日）。至此，茅盾的考據與寫作心境才完全被打破。

中共黨組織決定立即成立上海總工會，並與上海市學聯、上海總商會聯合組成上海工商聯合會，領導全市的總罷市總罷工，並於次日舉行更大規模的示威遊行。茅盾的回憶錄對第二天的遊行有生動的記述：

第二天中午，楊之華前來與茅盾夫婦同行。三人閒談著，互相開著玩笑，一個說，今天可能要挨自來水的掃射；一個說那可要穿了雨衣去；第三個說，偏不穿雨衣，也不帶傘，以顯示我們什麼都不怕的精神……

大雨滂沱之中，他們三人激動地行進在隊伍中。兩位女性還加入了演講隊，慷慨演說，在巡捕的槍棍威脅下貼標語、喊口號。永安公司屋頂花園的高塔上忽然撒下無數的傳單，在狂風暴雨中漫天飛舞。一隊自行車叮鈴鈴馳過，這是遊行隊伍出發的信號，工人學生便按預定的計畫去包圍總商會，目的是為了逼迫總商會同意參加「三罷」。這時他們三人已被人流沖散了，茅盾四處尋人不著，便只好獨自返回家中。當夜，他又寫了《「暴風雨」──五月三十一日》一文。等到孔德沚渾身濕淋淋地回到家中時，已是深夜時分了。

6 月 1 日，經過黨組織的積極發動，「三罷」全面展開，同時進一步的血腥鎮壓也開始了，僅當天南京路就死傷二十餘人。至此，茅盾完全被這種反動暴行激怒了，從第二天起，他便作為上海大學教職工代表連續出席了有 73 校百餘名代表參加並組織的一系列集會。他還參加並發起成立了以共產黨員為核心的上海教職工救國大會，並執筆起草了該會的宣言，刊發於 6 月 15 日的《民國日報》上。參與並組織了演講團，他的講題為《「五卅」事件的外交背景》。另外，茅盾還參與編輯了於 6 月 3 日創刊的《公理日報》，它是由包括少年中國學會和文學研究會在內的 11 個團體組成的上海學術團體對外聯合

會主編，旨在向世人揭露「五卅」慘案的眞相。商務印書館當局雖然在經濟上予以支援，卻憚於風險而不肯承印此報，後來該報迫於種種壓力，於當月24日停刊。茅盾作爲文學研究會和少年中國學會的會員（見鄭超麟回憶錄），是該報的實際編輯者之一，編輯部就設在鄭振鐸的家裡。

但是，這近一個月的抗議示威活動的參與，似乎還沒有使茅盾全身心地投入政治活動。6月24日《公理日報》剛一停刊，茅盾便又回頭做「日常的編輯工作」，選注《楚辭》，還編起了《文學小詞典》，後來因商務印書館大罷工才不得不擱置起來。

至8月，茅盾作爲商務印書館共產黨組織的負責人之一，成爲罷工委員會臨時黨團的成員，參與發動和領導了商務大罷工。茅盾負責撰稿發佈消息，還是與資方談判的工方代表。後來資方在談判中作出讓步，基本上接受了職工的要求，雙方從而達成了復工的協議，復工條件書即由茅盾起草。這是在一年來的一系列罷工風潮中，唯一一次由茅盾直接參與和領導的罷工鬥爭。看來，他這時又一步步地捲入到政治鬥爭中去了。9月，他與惲代英、張聞天、沈澤民、楊賢江、郭沫若等人聯合發起了旨在保護和營救受迫害的革命者及革命烈士家屬的中國濟難會。

與此同時，茅盾卻又寫下了《疲倦》、《復活的土撥鼠》、《大時代中的無名小卒的雜記》等散文，文中流露出個體在激烈的政治鬥爭中的暈眩、疲憊和渺小的內心感受，雖然在前面兩篇裡，作者沒有忘記在理智上對這種情緒持批判的態度。可以這樣說，直到這年年底茅盾重新擔任重要的政治職務並投身於大革命之前，從他看似矛盾的言行中可以發現，他的內心深處始終有兩種不同的聲音在對峙著、交錯著，一個是激動著、實踐著的自我，他把自己投向集體的力量，在群體的活動中恣嘗奮鬥和勝利的歡樂；另一個則是孤獨的自我，他觀察著、質問著、思考著，他專注於個性的價值實現，體味著大時代中個體的無能爲力的悲哀。需要說明的是，這並不必然地推導出茅盾性格的怯懦，因爲如果這樣，他就不會在帝國主義大開殺戒之時，反而更深入地參與罷工和抗議；更不會在國民黨右派與共產黨公開決裂時，以職業革命家的身份投身於大革命的風暴之中了。

三

對於茅盾的文學思想的考察，必須綜合考慮他在文學創作、批評、編輯

和譯介等多方面的因素，同時也要顧及到他的文學思想的發展演變過程。從五四時期——對茅盾來說主要體現在主編《小說月報》時期——的強調寫實，強調「爲人生」的現實主義，到 30 年代爲現實的、與現實政治相呼應的現實主義，再到後來的社會主義現實主義，是茅盾早期文學思想發展演變的一個基本軌跡。而 20 年代中期則是他的文學觀念從「爲人生」到「爲現實」的轉變時期，這一轉變，和時代現實的變遷、其個人對政治和社會活動的參與有著密切的關係，這一轉變，同樣與上海的政治和文化環境，與茅盾在其中的經歷、體驗、觀察與思考密不可分。

如上所述，茅盾的個性氣質與興趣愛好，使他始終無法適應職業革命家的社會角色，因此，他在爲時代潮流所裹挾，最後投身於大革命之前，有一個逐漸捲入政治風暴的過程。不過，多年來的政治鬥爭實踐和體驗，也確實培養了他對社會現實的敏感，由此也影響了他對文學的本質及其價值的認識，影響了他對文學和文化現象的看法，並爲他日後的現實主義文學批評和文學創作奠定了基礎。而 20 年代中期的這一文學思想的轉變，又正是與這一漸次捲入的過程相伴隨。

在「五卅」運動爆發之前，茅盾就對文學與時代政治的關係開始有了新的看法，與五四時期「爲人生」的文學的籠統寬泛的限定相比，顯然已有了較爲明確的指向。他在《「大轉變時代」何時來呢？》（《文學》第 103 期，1923 年 12 月）一文中說道：「文學是有激勵人心的積極性的。尤其是在我們這個時代，我們希望文學能夠擔當喚醒民眾而給他們力量的重大責任。」晚年茅盾對此文作了這樣的評價：

> 我的這篇文章，在我的文學道路上，標誌著又跨出了新的一步，我在這裡宣告：「爲人生的藝術」，應該是積極的藝術，應該是能夠喚醒民眾、激勵人心、給他們以力量的藝術。（《我走過的道路·文學與政治的交錯》）

1924 年 4 月，印度詩人泰戈爾來華，辜鴻銘、梁啓超、徐志摩等文化人士對其表示熱烈的歡迎，對泰戈爾熱烈讚頌中國文化和東方精神文明的態度也予以認同，但這卻與中國自五四以來的反對傳統文化的時代潮流相違背，因而遭到了魯迅等新文化人士的批評，中國共產黨的態度則更加明確。茅盾正是根據中共中央的指示精神，寫下了《對於泰戈爾的希望》和《泰戈爾與東方文化》兩文，這雖然是「遵命文字」，但同樣體現了政治活動和文學活動

對他的雙重作用。因為當時國內對這位詩人的介紹不是很多，因此，同樣是對於泰戈爾訪華這一事件以及泰戈爾對東方文化態度的觀察和分析，若是一位對泰戈爾有所了解的藝術家，他可能不一定非常關注泰戈爾訪華的政治影響；而對那些政治家來說，又不一定能顧及到他的詩人身份。但茅盾作為一位新文學作家，對泰戈爾的藝術成就有過具體的感受，同時作為一名中共黨員，對事件又有一種政治敏感。所以，與陳獨秀、瞿秋白等人圍繞這一事件所寫的文章相比，茅盾在思想方法上有所不同。陳、瞿兩人都是從單純的政治角度著眼，批評泰戈爾在文化和國家觀念上的保守主義立場，而茅盾則首先注意到泰戈爾是一位享有世界聲譽的偉大詩人，從分析對象的這一基本特徵入手，他一面肯定泰戈爾的訪華，在同情被壓迫民族和鼓舞愛國精神方面的貢獻，一面又從政治角度，指出一些東方文化復興論者想借用泰戈爾的言論以達到自己的政治目的的企圖。在這種思考問題的態度和方式上，茅盾既保持了與職業政治家之間的區別，又與那些完全沉浸在藝術之中的新文學作家的思考有所不同，他對於處在複雜社會關係中的文學和文化現象顯然有著更為清醒的意識。假如沒有以往文學活動和政治鬥爭的經驗積累作為依託，他的論述就不會取這樣獨特的角度，也不會對具體的文化現象有這樣細緻準確的判斷力。

　　如果說，到此為止，在茅盾的思想觀念及其論述中，對於文學的現實政治功用的表述還只表現在一種意識和傾向的層次，那麼，《論無產階級藝術》一文則無疑體現了他的理論化概括和表達的努力。他在晚年的回憶錄中記述了寫作此文的緣起：

　　　　在 1924 年，鄧中夏、惲代英和沈澤民等提出了革命文學的口號，之後，我就考慮要寫一篇以蘇聯的文學為借鑒的論述無產階級革命文學的文章。我的目的，一則想對無產階級藝術的各個方面作一番探討；二則也有清理一番自己過去的文學藝術觀的意思，以便用「為無產階級的藝術」來充實和修正「為人生的藝術」。

　　1925 年 5 月初，茅盾給上海藝術師範學校的師生作報告，談及無產階級藝術的特徵、無產階級藝術的形成和發展，以及蘇聯文藝的現狀，後來「適《文學》需稿，因舉所言畢之篇」，寫成《論無產階級藝術》的第一節。

　　從這篇文章的寫作動因來看，有幾個方面值得注意：

　　一，它也是作者對中共理論家們強調文學的政治功用，提出革命文學口號的呼應，這仍表明他的明確的政治意識。

　　二，此文是對蘇聯文學理論的借鑒。有研究者認爲它是蘇聯文論家波格丹諾夫《無產階級藝術的批評》一文的轉譯，所以，它至少包含了相當程度的譯介性質。

　　三，最重要的是，儘管此文當時並沒有受到太多的注意，但它是茅盾第一次面對新文學現狀而從正面提出「無產階級藝術」的概念，這顯然與作者思想意識中階級意識的逐步獲得和明確有關，也是他在文學與政治交錯中對個人在大時代裡的角色選擇的初步顯示：他試圖在社會活動、政治鬥爭的實際參與和藝術地觀照與評判之間尋找一個契合點，並將它以文藝理論的方式表達出來，從而確立自己在時代變遷中的個人實踐方式。

　　但在如此動盪的時代環境裡，這樣的選擇必然意味著經歷更多的人生曲折和心靈震盪。就在這篇長文寫作並連載到一半時，五卅運動的風暴已經驟然而至了。

　　五卅風暴使茅盾第一次親眼看到了中國工人階級的偉大力量，也第一次看到了現代兩大對立階級的直接衝突。如果說，此文寫作開始時，茅盾在對蘇聯文論的譯介和引用上還帶有相當程度的概念和理論的借鑒成分，那麼，「五卅」這樣的經歷和體驗，使他原來所接受和理解的馬克思主義的有關階級和階級鬥爭的理論，對蘇聯文藝和有關無產階級藝術的論述，都有了切身的驗證，因此，在五卅運動達到高潮時，他對新文學及其作家的時代使命的強調就更爲有力和明確了。在 7 月 5 日和 9 月 13 日發表的《告有志研究文學者》（載《學生雜誌》第 12 卷第 7 號）與《文學者的新使命》（載《文學週報》第 190 期）中，他進一步明確了新文學家的時代責任和新文學的時代內涵：

　　　　描寫現代生活的缺點，搜求它的病根，然後努力攻擊那些缺點和病根，以求生活的改善：這便是現代文學家的責任！

　　　　文學是人生的真實的反映。……這樣的文學，方足稱爲能於如實地表現現實人生而外，更指示人生向美善的將來；這便是文學者的新使命。……新鮮的無產階級精神將開闢一新時代，文明的文學者也應該認明了他們的新使命，好好地負荷起來。

四

　　隨著中國共產黨領導的工人運動的展開，國民黨右派與中共的矛盾也日

益激烈。1925 年 11 月，國民黨「西山會議派」趁孫中山逝世之際，與共產黨公開決裂。由他們控制的國民黨上海市黨部開除了所有以個人身份加入國民黨的共產黨員。茅盾是第二批被開除的。中共中央與之針鋒相對，指令惲代英和茅盾立即籌組由共產黨和國民黨左派繼續合作的國民黨上海市特別市黨部執行委員會。12 月，國民黨上海特別市黨部成立。惲代英任主任委員兼組織部長，茅盾任宣傳部長。不久，他和惲代英都當選為出席在廣州召開的國民黨第二次全國代表大會的代表。於是，茅盾在 1926 年元旦之夜，登上了醒獅號客輪，暫時離開了上海。

代表大會結束後，茅盾被中共中央留在廣州，擔任國民黨中央宣傳部秘書。當時的宣傳部長是由國民政府主席汪精衛兼任，故又由毛澤東任代理部長。毛澤東知道茅盾是有名的「筆桿子」，又在三年前的中共商務印書館支部會議上相識，所以便提請國民黨中央常委會通過由茅盾擔任他的助手。於是，茅盾便在廣州做了三個月的國民黨中宣部秘書。

不久，蔣介石發動的「中山艦事件」爆發，革命形勢急劇逆轉。毛澤東便委派茅盾回到上海，代埋還在廣州的惲代英擔任國民黨上海交通局局長，並設法在上海另辦一份（國民黨左派）黨報，與國民黨右派控制的《民國日報》抗衡。茅盾受命起程，又回到了上海。

返滬的第二天，鄭振鐸便聞訊趕來探望。他對茅盾說起，因當地駐軍看到香港報紙刊登的有關茅盾是「赤化分子」的詳細報導後，幾次到商務編譯所探問，商務館方害怕遭到連累，便想辭退茅盾。其實，自茅盾辭去《小說月報》主編之職以來，他與商務館方的矛盾和對立已十分明顯，半年多前的商務印書館工人大罷工中，茅盾既是主要的發動者與策劃者，又作為勞方代表之一，與張元濟、高夢旦、王雲五等人面對面進行了三四天的談判，他在商務當局者眼裡的形象就可想而知了，這次「涉嫌」赤化，更是非同一般，也正好是館方辭退茅盾的一個好藉口。但館方又不願將彼此間的關係弄得過於對立，所以才請茅盾的好友鄭振鐸來轉達此意，而鄭振鐸當時既已做了高夢旦的女婿，便也不好推託。茅盾很理解鄭振鐸的處境，便對鄭說：「你也不必為難！我早就不想在商務幹了，現在我就辭職。」

第二天，茅盾便正式離開了商務印書館編譯所，臨走得到館方的一份 900 元的辭退金和一張 100 元的商務股票。自 1916 年進入商務印書館至此，茅盾在這裡工作了整整十年，想想這十年來的時世滄桑和個人成長歷程，茅盾不

免感慨萬分。辭離了商務印書館，也就意味著茅盾從此沒有了穩定的社會職業，這與他在之後走上職業革命家之路有著很大的關係，革命使他不得不放棄了固定的職業，失去職業又促使他更深地投身於革命。

茅盾代理局長的上海交通局，是國民黨中央宣傳部駐上海的秘密機構，地點在閘北公興路仁興坊，任務是翻印中宣部的《政治週報》及各種有關文件和宣傳大綱，翻印後轉發北方及長江一帶的國民黨黨部。在此期間，茅盾還按毛澤東的指示，籌畫了一套《國民運動叢書》。

另外，茅盾還是國民黨上海市特別黨部的主任委員。同時又是中共上海區委地方政治委員會的委員，分管民校工作。後又改任區委候補委員兼「民校」主任，實際是做統戰工作。據曾兩度與茅盾在黨內共事的鄭超麟回憶，1926 年下半年，茅盾還擔任過中共中央宣傳部消息科科長，負責從英文報刊上搜集材料。就這樣，在這一年多的時間裡，除了一些雜感和政論之外，茅盾很少有文字在報刊上公開發表，幾乎停止了寫作活動，這對一向勤勉作文的茅盾來說是十分少有的情況。隔了七十多年煙塵，我們可以想像這樣的情景，擔任了那麼多政治職務的茅盾，曾經是後來更是新文學的著名批評家和作家的茅盾，整天奔波於橫濱路景雲里、閘北的國民黨交通局和中共上海區委聯絡處之間，儼然一個職業革命家的形象。

1926 年 7 月 1 日，國民革命軍誓師北伐，正式揭開了大革命的帷幕。10 月 10 日武昌被攻克，幾天後浙江省宣佈獨立。本來，茅盾被定為浙江省政府秘書長（省長為沈鈞儒），後因軍閥孫傳芳部隊重又佔領浙江而作罷。不久，中共中央又於 12 月派茅盾赴武漢任中央軍事政治學校武漢分校政治教官。在起程前，接到校方來電，要他在上海為學校招生並聘請教官，茅盾在聘得三個教官，招到二百多個學生後，於這年年底攜妻子孔德沚，登上了一艘英國輪船，踏上了西去武漢的旅途。

自 1916 年夏茅盾頂著炎炎的烈日踏上上海灘，到 1926 年他又冒著凜冽的寒風離開這裡，整整十年過去了。在這十年裡，如果除了期間去廣州短暫的三個月，以及偶爾去浙江老家外，茅盾幾乎沒有離開過這個城市，這是他一生中在上海居住得最久的一個時期。十年前他來滬時，還是個剛剛二十出頭的青年學生，心裡懷著朦朧的人生希望，一心想在這陌生而新奇的洋場世界裡謀生立足、建功立業；十年來上海特有的政治、經濟、文化和日常生活環境和他個人躋身的商務印書館的工作條件與機遇，影響和鑄就了茅盾的基

本人生理想和學識結構；十年後離她而去時，他已成為一個知名的文學編輯和文學批評家；但此時已入而立之年的茅盾，又是以一個職業革命家的身份去奔赴新的旅程。江水清清，兩岸茫茫，前面等待著他的，又將是一段怎樣輝煌或者坎坷的人生呢？

第六章　幻滅的況味

1927 年 8 月的某一天夜裡。上海東橫濱路景雲里。

夜已深了，憋悶烘熱了一天的空氣裡，總算有了一絲涼意。窗外的弄堂裡如死寂一般，沒有一絲動靜。要是在往常，人語聲總要到月落西天時方止，那是乘涼的人們在聊天說笑，他們捨不得那大伏天難得的清涼，繼續揮扇驅趕著渾身的熱氣。但這一年以來，上海的局勢急劇動盪，由共產黨領導的工人起義接二連三地舉行，「四‧一二」大屠殺的血腥更是久久不能散去。景雲里十一號半的三樓臥房裡，茅盾一直枯坐在窗前，窗外黑漆如墨，偶爾幾盞燈光，也如鬼火一般。茅盾一時間恍若身處荒郊野外，而不是在這繁華的十里洋場。與前一年相比，茅盾顯出如大病初愈般的消瘦，目光中露出深深的悲哀。一旁躺著的妻子已經沉沉地睡去，她流產初愈後的臉色，在燈光下顯得特別的蒼白、疲憊。一個新生命就這樣消失了！茅盾長長地歎了一口氣，繼續望著窗外闌珊的燈火，一年來所經歷的一幕幕場景，似走馬燈般地在眼前浮現，那狂亂的激情，變態的浪漫，涎笑的猙獰，恐怖的血腥和失敗的沮喪，交替著，重疊著，如夢似幻又伸手可觸。轟轟烈烈的大革命，就像一場準備草率的悲喜劇，剛一開場就匆匆地拉下了帷幕，所有的參演者一時間還都驚魂未定，而幻滅的悲哀與痛苦已深深地襲來……

就在八個月前，當茅盾與孔德沚在寒風中登上漢口碼頭時，武漢三鎮的街頭是怎樣一幅熱烈的景象！到處是熱騰騰亂哄哄的場景，所有人都為革命的高潮所鼓舞，空氣裡彌漫著節日般的氣息。又有誰能料到，就在短短的幾個月後，這裡的一切就被濃重的恐怖和血腥所籠罩呢？！

1927 年的元旦，茅盾夫婦是在長江輪船上度過的。抵達武漢後住在軍校代為安排的武昌閱馬廠福壽里 26 號。軍校設在原兩湖書院舊址，校長是蔣介石，但實際負責的是教育長鄧演達和校務委員兼總教官惲代英。校方對茅盾的任命相當鄭重，發了第 71 項委任令：「委任沈雁冰為本校政治教官，支中校二級薪，此令。」從此，茅盾身著黃軍裝，皮帶，裹腿；文弱書生成了英姿勃勃的教官。

軍校分軍、政兩科，茅盾不僅兩科都有課程，還要去女生隊講課，婦女運動等課題是專為女生隊增設的。軍校女生隊是茅盾了解時代女性、積累寫作素材的重要渠道，後來成為長篇小說《虹》的主人公梅女士之原型的胡蘭畦，當時就在女生隊裡。

4 月初，茅盾調任《漢口民國日報》總主筆。此報名義上是國民黨湖北省委機關報，實際完全由共產黨員控制著。社長董必武，總經理是毛澤東之弟毛澤民，辦報方針則由中共中央宣傳部定，實際由瞿秋白分管。茅盾因此也遷居到漢口歆生路德安里 1 號《民國日報》社的樓上。編輯部設有記者，消息由黨政機關、農工青婦等群眾團體供給；茅盾的工作是將編輯們編好的稿子選擇、審定、加標題、排版。每天還要寫千把字的社論：或鼓吹革命，或罵蔣介石。特別是在「四‧一二」反革命政變前後，湖北各省反革命事變層出不窮，茅盾撰寫了一些引導政治方向、揭露帝國主義插手鎮壓中國革命、抨擊蔣介石及一切反革命勢力的重要文章，如《袁世凱與蔣介石》、《蔣逆敗象畢露了》、《夏斗寅失敗的結果》等，其中也體現出茅盾當時對革命形勢的過分樂觀。就在「四‧一二」政變後，他在《蔣逆敗象畢露了》一文中仍斷定：「凡此種種，都證明蔣的勢力已至末日」，「我們再努力一點，早些把他完完全全地送進墳墓去呀！」這顯然是不切實際的幻想。因為不僅當時蔣介石的勢力還在發展，就連剛從蘇聯回國就任國民政府主席的汪精衛，表面上雖說反蔣，而且由他主持的國民黨中央也真的作出決定，開除了蔣介石的黨籍，撤銷了其一切職務，並通電拿辦，但實際上汪精衛自己也在暗中集結力量，準備反革命政變。

和國民黨黨內、政府內左右分化、重新組合的複雜情態相似，共產黨內也發生了對革命形勢不同估計的意見分歧。陳獨秀找茅盾談話，批評《民國日報》「太紅」了，不利於國共兩黨的團結。董必武和瞿秋白等則堅持與國民黨右翼的鬥爭態度。瞿秋白針對國民黨右派的干預，還提出乾脆將《民國日

報》交給他們，另辦一張共產黨報紙，仍要茅盾當總編輯的構想。只是後來形勢急驟惡化，這個計畫也終於成為泡影。

這時候的武漢，按茅盾的說法，是「一大漩渦，一大矛盾」。一方面是緊張熱烈的革命工作，另一方面也彌漫著很濃的浪漫氣息。茅盾因為每天午夜後才發完稿子，所以往往後半夜才回家，甚至常常整夜不眠。每當他後半夜回家時，總看到隔街相對的女單身房間裡仍是燈火通明。茅盾知道，這裡住著已經離婚的漢口市婦女部長黃慕蘭和新寡的海外部幹部范志超。許多單身男子就天天晚上在她們宿舍糾纏，有時她們實在受不了，便會到茅盾家躲避。

儘管籠罩在革命與戀愛氛圍裡的人們似乎不情願正視這嚴酷的現實，但革命形勢日益危急，蔣介石和奉系軍閥南北配合，鎮壓共產黨。4 月 6 日，奉系軍閥在北京搜查蘇聯大使館，逮捕了在此避難的李大釗等六十餘名共產黨員，並於月底將李大釗等人秘密殺害。蔣介石在上海發動「四‧一二」政變後，另成立南京國民政府與武漢政府相對抗，使得許多新軍閥倒戈相向。5月 17 日夏斗寅聯合四川的劉湘進攻武漢，剛被葉挺率部擊潰，21 日又發生許克祥發動的「馬日事變」。6 月 20 日馮玉祥在徐州和蔣介石開會決定「寧漢合作，共同反共」，陳獨秀卻於 30 日召開中共中央擴大會議，決定以投降式的讓步「拉攏汪精衛」，進一步對右派妥協。儘管 7 月 12 日根據共產國際指示，改組了中共中央，陳獨秀被停職，成立了由周恩來等五人組成的臨時中央，並發表宣言，揭露武漢政府叛變革命的罪行。但此時已難挽狂瀾於即倒。7 月 15 日，汪精衛召開反共會議，公開背叛孫中山的國共合作精神。他步蔣介石的後塵，立即實行對共產黨與工農群眾的大屠殺，至此，歷時一年的大革命完全失敗了！這種結局，一向樂觀的茅盾是沒有足夠思想準備的。

不過，嚴峻的局勢迫使他們不得不作應變準備。由於孔德沚已有孕在身，留在武漢極不安全，於是她先在朋友的幫助和照料下，帶上大部分行李，乘英國輪船先行返滬。7 月 8 日，茅盾寫完最後一篇社論《討蔣與團結革命勢力》後，給汪精衛寫了辭職書，就和毛澤民、宋雲彬等報社同事一起，躲到法租界的一家棧房暫住。汪精衛託人轉給茅盾一封信，假惺惺地表示挽留。其實幾天後他就舉起了屠刀，這就是著名的「七‧一五」反革命政變！

在法租界隱蔽了半個月後，7 月 23 日茅盾接到黨組織的指令，要他立即到九江接頭，並把一張「抬頭支票」交給黨組織。這時武漢形勢危急，船票

難買。費了許多周折，茅盾才購得日本襄陽丸號當天的船票，遂和宋雲彬、宋敬卿當日離開武漢。同行的二宋是返滬的，而茅盾此時並不知道自己將接受什麼任務。船上的乘客多半是熟人，而且多半是離開武漢轉移外地的共產黨員。到九江後，茅盾在一個小客棧住下，就按通知的地點去接頭。這是一家小店鋪。進去一看，原來是自己報社的領導人董必武，另一位是譚平山。茅盾說明來意，並交出支票。董必武說：「你的目的地是南昌，支票也帶到南昌。但今天早上聽說去南昌的火車不通了，鐵路已被切斷。你現在先去試著買火車票，萬一南昌真的去不了，你就回上海。我們也要轉移，你就不必再來了。」去南昌幹什麼，董必武也沒作交待，這是黨內地下工作的紀律，茅盾也不便多問。

茅盾去買票時知道，去南昌的火車果然已經不通了。聽同船來的熟人說：可以從牯嶺翻山走小路去南昌，惲代英昨天已經翻山過去了，郭沫若也上了牯嶺準備翻山去南昌。於是茅盾決定立即上山。宋雲彬聽說茅盾要上廬山，就要跟著去遊山。茅盾不便明說，只好同意他跟著。下午上了山頂，住在廬山大旅社，其實不過只有十多個房間。住下之後，茅盾立即去打聽翻山的小路，在牯嶺大街正巧遇到共產黨人夏曦，他告訴茅盾：「昨天下山的路還通，惲代英已翻山去了南昌。郭沫若來遲一步，今天這條路就被封鎖了，所以郭又匆匆下山回九江去了。此地不宜久住，你還是回去罷，我也馬上要走。」茅盾只好回到旅社。26 日，茅盾突然患起了急性腸炎，一夜間瀉了七八次，第二天就躺倒不起了。山上無醫，小藥店也沒有止瀉藥，只有八卦丹。他只好吃八卦丹救急。宋雲彬見他三五天內也不能下地，而自己已將廬山的景點玩盡，就撇下茅盾，自顧下山回上海去了。

於是只留下茅盾孤身一人，困居在山上的旅店裡，這樣的身心體驗，是他終身難忘的。「腹瀉折磨得他渾身乏力，政治上的挫折更使他深感沮喪。他悲憤於那些血腥的屠殺，更困惑於革命陣營內部的動搖、攻訐和潰散；他震驚於聲勢浩大的農民運動竟那樣輕易就被摧毀，更沒有想到南昌暴動會那樣迅速地歸於失敗。他原是一名乘著革命高潮奮然而起的弄潮兒，現在卻被這潮水的退歇孤零零地拋在這陰濕多霧的山嶺上。他對社會運動正抱著那樣強烈的興趣，卻沒想到那光榮的政治搖身一變，竟向他露出了如此殘酷的嘴臉。他每夜失眠，靜聽山風撲打窗玻璃的格格聲：這究竟是怎麼回事？我該怎麼辦？」王曉明先生的這段文字（見《茅盾：驚濤駭浪裡的自救之舟》），準確

生動地概括了茅盾當時身心交瘁、孤旅受困的情景。有關南昌起義的消息，茅盾還是在基本病癒後才知曉的。

　　吃了幾天的八卦丹，居然止住了腹瀉，身體也漸漸恢復，能起來走動了。他聽茶房們交頭接耳說南昌出事了！聽到這消息，茅盾忽然領悟到這事和讓自己去南昌有關。於是他強打起精神，邁著輕飄飄的步子，出去打聽確鑿的消息。正巧碰到熟人范志超，她一見茅盾就吃了一驚：「你怎麼還在這裡？」茅盾告以簡況，就急著詢問南昌的消息。范志超告知：「八月一日我們在南昌發動暴動，繳了朱培德部隊的槍，由葉挺、賀龍的部隊控制南昌。」茅盾這才恍然大悟，原來讓自己去南昌是參加起義，所帶的支票自然是暴動經費了。茅盾想，這時候再去南昌既無意義，也無可能。只好按董必武指示的第二方案行動：萬一去不了南昌，就回上海。於是就託范志超去買回上海的船票。

　　茅盾是假託度假的教員住在旅館的。這期間，他為了排遣憋悶與沮喪，只好把隨身帶的西班牙作家柴瑪薩斯的英文版中篇小說《他們的兒子》譯成中文聊以消磨時間。此外還先後寫下了《雲少爺的草帽》（7 月 25 日）、《牯嶺的臭蟲——致武漢的朋友們（二）》（7 月 26 日）兩篇紀實散文和《我們在月光底下緩步》（8 月 9 日）、《留別雲妹》（8 月 12 日）兩首自由詩。「一個人當閑卻的時候，在『幻滅』的時候，在孤身寂寞的時候，不由然而然的總想記他的好友，他的愛妻，他的兒女，還有他所想見而未見的人」，「山中幾與世上隔絕，除了『我們的冰瑩』的世界外，不知尚有世界，這也算愉快，但又何嘗不是沉悶呢？」（《雲少爺的草帽》）「此來別無所得，但只飲過半盞『瓊漿』，看過幾道飛瀑，走過幾條亂山，但也深深的領受了幻滅的悲哀！」（《留別雲妹》）從這些文字中可以看出茅盾當時的心境。

　　直到 8 月中旬，范志超託人購得船票，茅盾才啓程返滬。旅途中，茅盾又了解了范志超曲折的愛情婚姻，從而領略了一種特殊時代女性的情感世界。為了避免在上海碼頭遇見熟人，茅盾將行李託范志超帶回上海，自己在鎮江換乘火車。不料鎮江碼頭上有軍警搜查，茅盾身上的那張「抬頭支票」便引起了懷疑。面對軍警的盤問，他急中生智，當即將那張支票「送了」那軍警才得以脫身。但火車上熟人也多，茅盾還聽到了一個熟悉的聲音，那人曾於 1925 年底與茅盾一起作為國民黨上海市的代表赴廣州參加國民黨第二次全代會，但現已叛變，於是茅盾趕緊避開。為安全起見，車到無錫時，茅盾

又下車在旅館住了一夜，次日又換乘夜車，悄悄地回到上海的家中。

二

　　茅盾回家後一看，只有母親和兩個孩子在家。他這才知道孔德沚因流產正住在醫院。原來，和茅盾同上廬山的宋雲彬，雖說也是共產黨人，但有一身的少爺習氣，其實他家也的確有錢，宋家有「宋半城」之稱，故茅盾戲稱之「雲少爺」。他自廬山撇下茅盾逕自回滬後，卻硬要住在茅盾家裡，而且讓快要臨產的孔德沚給他掛蚊帳。結果孔德沚摔了一跤，住進了醫院。茅盾母親實在氣不過，就當面說宋雲彬：「從來沒見過你這樣的共產黨！讓一個大肚子的孕婦給你掛蚊帳，你卻坐在旁邊看！你家很有錢，爲什麼不自己找個房子住？」這才將他趕走了。茅盾當即去醫院探視。孔德沚向茅盾說起了上海的白色恐怖之形勢。

　　蔣介石國民黨的清黨正在上海全面展開。自 8 月 13 日起，《申報》、上海《民國日報·黨務》和《新聞報》相繼刊登了「清黨委員會披露共產黨操縱本黨幹部之眞憑實據」，副題爲「在沈雁冰日記簿中檢出的連篇報導」，並披露了「在沈雁冰宅中搜得」的文件、書刊目錄。所謂「沈雁冰宅」是指閘北公興路仁興坊 45、46 號原國民黨中宣部交通局所在地，茅盾曾做過代理局長。他們故意將這裡說成是沈宅，其意在強調所謂「共產黨操縱本黨幹部」的誣陷效果。事實上他們還到過景雲里沈寓來追查茅盾的行跡。因爲這時蔣介石的南京政府通緝令名單上列有「沈雁冰」。這樣，孔德沚只好謊稱：「他已到日本去了。」夫妻兩人於是商定：景雲里寓所在華界，同一條弄堂的鄰居中商務印書館的熟人頗多，而通緝茅盾的消息幾乎盡人皆知，這樣茅盾只好暫時隱居家中不出，對外仍說已去了日本。

　　將孔德沚接回家中後，茅盾便立即與黨組織取得了聯繫，彙報自己的情況，處理「抬頭支票」問題。所謂「抬頭支票」，即支票上有受款人的姓名或別號，受款人得此支票後，仍須經過商店保證，或他本人有錢存在別家銀行，才可由此銀行轉帳。地下黨聽了茅盾的匯報後，先向銀行掛了失，然後由共產黨員蔡紹敏開設的紹敦電器公司擔保，提取了這兩千元款。這樣，茅盾懸著的心才有了落實處。

　　茅盾隱居家中而未被發現，和他家的居室結構有關。這景雲里十一號半，是一套有前後門且經由後門出入的帶亭子間的三層小樓，這種結構緊湊的房

子在舊上海比較多見。底樓後門旁是廚房間，前頭是大廳並從中隔出一小間與廚房相連，若是家中雇有傭人的，這一小間便可做傭人的居室。大廳前面就是天井，出了天井院門就是前弄堂了。順樓梯往上，一二樓之間先是一個北向亭子間，以前茅盾常在此寫作。二樓朝南的大間是老太太和孩子們的臥室。二三樓之間同樣有一個亭子間。三樓朝南的房間已是樓梯的盡頭，比較矮小，但相對安靜，從前面的窗口可以清楚地望見前弄堂的來往行人，茅盾夫婦的臥室就在這裡。孔德沚出院後，茅盾就在三樓她的臥床邊，一邊照料，一邊開始小說創作。就這樣足不出戶，蟄居了 10 個月，他的《幻滅》、《動搖》和《追求》三部曲，就完成於此時。

　　但茅盾的隱居，對幾個老朋友並不保密。隔壁住的葉聖陶當即就知道茅盾回來了。因為《小說月報》主編鄭振鐸怕被看作親共人物，已避居英國去了，所以葉聖陶任代理主編。茅盾不在家時，家裡經常得到葉聖陶夫婦的照應。住在葉聖陶隔壁的是周建人，他也知道了茅盾回來的消息。10 月 3 日，魯迅與許廣平由廣州回到上海，在周建人的幫助下，於 10 月 8 日也住到了景雲里。魯迅家是 23 號，其前門正對著茅盾家的後門。過了兩天，魯迅住周建人的陪同下來看茅盾。這是茅盾第二次見到魯迅，雖然從主編《小說月報》時起，就與魯迅有許多通信。第一次見面是在 1926 年 8 月，魯迅赴廈門講學途經上海時，鄭振鐸設宴為魯迅接風送行，茅盾、葉聖陶出席作陪，當時匆匆一聚，來不及深談。而現在雖與魯迅比鄰，卻又不能去登門拜訪。魯迅兄弟進門後，賓主一陣欣喜的寒暄。茅盾致歉說：「因為通緝令在身，雖然知道你回來並住在隔壁，也沒能前來拜會！」魯迅幽默地一笑：「這也算是一種『官身』不自由，所以我和三弟到府上來，免得走漏風聲。」於是，茅盾談到了他在武漢的經歷及大革命的失敗，魯迅則談了半年來廣州的種種見聞，大家感慨頗多。魯迅聽到茅盾講自己的幻滅和困惑的心情以及對至今仍在高唱著的左傾調子所表示的疑慮不滿之後，頗有同感地說：「我也對這種革命低潮時期的高調論感到費解！我打算在上海定居下來，不再教書了。我已看了登在《小說月報》上的大作，料想此非對大革命有親身經歷者難以寫出，卻不料作者正是你。你以後作何打算？」茅盾說：「這只是《幻滅》的前半部，後半部就要刊出。寫得不好，我自覺結構較亂，但倉促之間也就由它去了。我正準備寫第二篇小說，是正面反映大革命的。至於今後怎麼辦也難說，也許要長期蟄居下去，靠賣文維持生活了。」

除了魯迅兄弟和葉聖陶等外，據鄭超麟回憶，這年冬季（約 12 月），鄭超麟與吳文祺也曾登門拜訪過茅盾。鄭超麟是從吳文祺處得到地址，並與之相約上門的，但事先沒有徵得茅盾的同意，所以茅盾感到有點突然，但這兩人都是黨內的老朋友了，所以見面後仍有許多話，談對時局的看法，談個人的感受。茅盾笑著對鄭超麟說：「最近的《小說月報》上有我寫的小說，你可猜猜看，哪一篇是我的？」鄭超麟當時心下以為，寫寫小說不過是迫於惡劣政治環境的一時所為，沒想到茅盾後來真的成了「一代大文豪」（見鄭超麟《回憶沈雁冰》）。

三

自 1927 年 8 月下旬被困於廬山以來，茅盾正經歷著一次巨大的轉變。這一轉變的最初動因是大革命失敗給茅盾帶來的深廣的幻滅感，它的最直接的結果，就是《幻滅》、《動搖》、《追求》三部曲的問世，從而也就開始了茅盾的創作生涯，在中國新文學史上，作家茅盾也就自此誕生了。

對於自己創作生涯的開始，茅盾後來這樣說道：

> 我是真實地去生活，經驗了動亂中國的最複雜的人生的一幕，終於感得了幻滅的悲哀，人生的矛盾，在消沉的心情下，孤寂的生活中，而尚受生活執著的支配，想要與我的生命力的餘燼從別方面在這迷亂灰色的人生內發一星微光，於是我就開始創作了。（《從牯嶺到東京》）

一年來，大革命的大起大落給他帶來的震懾、驚愕和幻滅，就像窗外茫茫的黑夜向這仄迫的屋子壓來，將茅盾團團圍住，使他喘不過氣來。這究竟是怎麼回事？該怎麼辦？這樣的問題始終纏繞著他。這種非常深廣的幻滅感，並不指向什麼具體的目標，卻又彷彿無處不在，無論他想起什麼人事，它都會不知不覺地浸漫過來。他不由自主地拿起筆，在燈下鋪開紙。而每當這時候，他曾親身經歷的種種場景、人物，尤其是在大革命中所接觸的許多女性形象，一個個紛至踏來。為什麼不可以通過描繪她們的故事，來排遣自己的幻滅情緒呢？雖然他一時還無力回答這些纏繞著他的問題，也無力認清這強烈的幻滅情緒，但只要能將它發洩出來，多少總可以減輕一點心理壓力吧。

於是，自 9 月初起，僅僅約 4 個星期，一部 7 萬字的中篇小說就問世了，這就是三部曲之首《幻滅》。

　　《幻滅》前半部分的主要情節構架，早在「五卅」高潮時期就有所醞釀了。茅盾在晚年對此還有清晰的記憶：「有一次，開完一個小會，正逢大雨，我帶有傘，而在會上遇見的極熟悉的一位女同志卻沒有傘。於是我送她回家，兩人共持一傘，此時，各種形象，特別是女性的形象在我的想像中紛紛出現，忽來忽往，或隱或顯，好像是電影的斷片。這時，聽不到雨打傘的聲音，忘記了還有個同伴，寫作的衝動，異常強烈，如果可能，我會在大雨之下，撐一把傘，就動筆的。」當晚，茅盾就計畫了那小說的大綱，這「就是後來那《幻滅》的前半部材料」（《我走過的道路》）。但那時他所見和所寫的時代女性，多是對革命存在不切實際的種種幻想，激情昂揚，帶有極濃的浪漫色彩，就是作者自己，也有許多浪漫的成分。而在近一年來，在武漢的大漩渦、大矛盾中，他目睹了許多人的「出乖露醜」，許多「時代女性」的「發狂頹廢，悲觀消沉」。在牯嶺，在歸途中，他所熟悉的女性，多同自己同處於「幻滅」的情態中。現在再來回顧三年前的印象，在那些浪漫激情中，似乎也早已透露著幻滅的先兆了。於是，茅盾似乎不假思索地給小說取名爲《幻滅》。其中心人物是靜女士和慧女士，從此也建構了他筆下的時代女性群像中的兩種基本典型。作品旨在通過靜女士在革命和愛情兩方面的從追求到動搖再到幻滅的三部曲，展示「革命前夕的亢昂興奮，和革命既到時的幻滅」。其實，這「幻滅」兩字也是三部曲的總題目，本來茅盾就曾打算將後來的三部曲寫成一個20多萬字的長篇，可見從作品的題旨看，這三部曲不僅相通，而且都不脫「幻滅」的調子。這也可以從他的筆名上看出。

　　《幻滅》寫到一半時，茅盾打算先給隔壁的老朋友葉聖陶看看，便隨手寫了個筆名「矛盾」，因爲原來常用的筆名如「玄珠」、「郎損」等，許多人都已知道，現在正處於被通緝的地位，所以就應換個新的。爲什麼要取矛盾兩字呢？茅盾自己曾有個說明：

　　　　「五四」以後，我接觸的人和事一天天多而複雜，同時也逐漸
　　　理解到那時漸成爲流行語的「矛盾」一詞的實際：一九二七年上半
　　　年我在武漢又經歷了較前更深更廣的生活，不但看到了更多的革命
　　　與反革命的矛盾，也看到了革命陣營內部的矛盾，尤其清楚地認識
　　　到小資產階級知識份子在這大變動時代的矛盾，而且，自然也不會
　　　不看到我自己生活上、思想中也有很大的矛盾。但是，那時候，我
　　　又看到有不少人們思想上實在有矛盾，甚至言行也有矛盾，卻又總

是以爲自己沒有矛盾，常常侃侃而談，教訓別人——我對這種人就不大能夠理解、也有點覺得這也是「掩耳盜鈴」之一種表現。大概是帶點諷刺別人也嘲笑自己的文人積習罷，於是我取了「矛盾」兩字作爲筆名。但後來還是帶了草頭出現，那是我所料不到。（《1957年〈蝕〉新版後記》）

這段話寫於 30 年之後，那時候的茅盾當然可以較爲冷靜地看待 30 年之前的自我處境，他甚至沒有提及當年的那種濃重的幻滅感，但如果「矛盾」兩字是他在 20 年代的時代風雲中對自己思想狀態的一種概括的話，在矛盾背後正是由一種時淡時濃的幻滅感發生著作用。

葉聖陶看完前半部分的原稿，第二天就來找茅盾。他說：「這部小說寫得好！《小說月報》正缺這種稿件！今天就發稿，從九月號起連載。不過這『矛盾』一看就知道是假名，如果國民黨方面來查問原作者，我們就爲難了，不如『矛』上加個草頭，『茅』姓甚多，不會引起注意。」這樣就正式有了茅盾這筆名。到後來，沈雁冰這原名倒不太被文學讀者記得了。

寫完《幻滅》，茅盾開始構思《動搖》。雖然都是反映大革命題材，但《幻滅》是側面落筆，而《動搖》卻是正面描繪。此時的心情比寫作《幻滅》時也似稍稍平靜一些，不是那樣急切地一吐爲快了，因此在結構佈局上也較從容。他是要借武漢政府時期湖北一個小縣城裡發生的故事，以小見大，來反映武漢大革命的動亂，以及「這一時期一大部分人對革命的心理狀態，他們動搖於左右之間，也動搖於成功和失敗之間。」這是指書中的主人公、國民黨黨部要員方羅蘭。另一個重要人物是混進革命隊伍中的土豪劣紳胡國光，他以極左的面目出現，將革命推向極右。同時書中也塑造了分屬慧和靜兩種類型的時代女性：孫舞陽和方太太。茅盾動用了他在武漢辦報、參與基層鬥爭的第一手材料。《動搖》也是迄今爲止唯一的一部正面描寫大革命的中篇小說。從《幻滅》到《動搖》，可以看出茅盾開始努力清理著自己對大革命的見聞和感受，竭力思考著「這到底是怎麼回事」這樣一個問題。所以，在《動搖》之後茅盾並沒有緊接著開始《追求》的寫作，而是插入了其他一些短篇作品。

寫於 1928 年 1 月 12 日的《嚴霜下的夢》，是一篇象徵性抒情散文，作者用三個不同的夢，象徵性地概括了大革命前後的時代風雲，以及自己的強烈個人感受。這三個夢顯然分別是大革命高潮、「四一二」事變和大革命慘

敗後的幻滅、頹廢的像喻。其中第三個夢十分生動地體現出茅盾當時的心理
狀態：

> ……──我突然明白了；同時，我的心房也突然縮緊了；死不
> 是我的事，跳舞有我的份兒麼？像小孩子牽住了母親的衣裙要求帶
> 赴一個宴會似的，我攀住了一隻臂膊。我祈求，我自訟。我哭泣了！
> 但是，沒有了熱的活的臂膊，卻是焦黑的發散著爛肉臭味的什麼了
> ──我該說是一條從烈火裡攣出來的斷腿罷？我覺得有一股鉛浪，
> 從我的心裡滾到腦殼。我聽見女子的歇斯底里的喊叫，我彷彿看見
> 許多狼，張開了利鋸樣的尖嘴，在撕碎美麗的身體。我聽得憤怒的
> 呻吟。我聽得飽足了獸欲的灰色東西的狂笑。

而對這樣恐怖的夢的生動描述，本身就說明茅盾正一點點從幻滅的窒息
中掙脫出來。如果從政治寓意的角度看，《動搖》和《嚴霜下的夢》對大革命
中顯露的左傾思想的批判意識已非常鮮明。其實在與魯迅會晤時，茅盾就已
表示對左傾高調的困惑與懷疑了，而在中共「八七會議」糾正了陳獨秀的右
傾錯誤路線之後，左的盲動主義仍在繼續發展，這些情況，茅盾通過仍然參
加黨內實際鬥爭的孔德沚而有所了解。

寫於 1928 年 2 月 23 日的短篇小說《創造》，可以說是茅盾對大革命所作
的理性思考的繼續。但它同時又是一篇辯解之作，表白之作。小說寫舊女性
嫻嫻被丈夫君實改造成為新式女性，獲得個性解放的她，不甘心僅做「性解
放」後滿足丈夫情欲的玩偶，於是她走出家庭，大膽闖入社會走新的路。茅
盾賦予這一故事的政治寓意是，「革命既經發動，……它的前進是任何力量阻
攔不住的。被壓迫者的覺醒也是如此」。當然，以嫻嫻這一女性形象來象徵革
命的發展多少有點牽強，但按茅盾的本意，則是「有意為之」。那時候《幻滅》
的發表已經引來了一些評論，其中有人認為作品的調子太低了，一切都是幻
滅。為了表示自己「並不認為中國革命到此就完了」，茅盾才寫下了《創造》。
但既是為了表示自己的信心，就不得不收斂起幻滅的情緒來。同樣為了表白
自己的信念，當《幻滅》被列入文學研究會叢書時，茅盾在《幻滅》的扉頁
上寫下了《離騷》中的四句：「吾令羲和弭節兮，望崦嵫而勿迫；路漫漫其修
遠兮，吾將上下而求索。」

也因此，茅盾在第三部《追求》中，原打算寫一群青年知識份子在經歷
了大革命失敗的幻滅和動搖後，又重新點燃希望的火炬，去追求光明。但就

在他開始寫作以後，他又一次深深地陷入了悲觀失望之中。「我從德沚以及幾個舊友那裡聽到了愈來愈多的外面的遲到的消息」，它「使人悲痛，使人苦悶，使人失望」，「這就是在革命不斷高漲的口號下推行的『左』傾盲動主義所造成的各種可悲的損失。一些熟識的朋友，莫名其妙地被捕了，犧牲了」。他後來在《從牯嶺到東京》中對當時情緒的再一次低落也有很清楚的分析：「我那時發生精神上的苦悶，我的思想在片刻之間會有好幾次往復的衝突，我的情緒忽而高亢灼熱，忽而跌下去，冰一般冷。……你不為威武所屈的人也許會因親愛者的乖張使你失望而發狂。……這使我的作品有纏綿幽怨和激昂奮發的調子同時並在。《追求》就是這麼一件狂亂的混合物。」這裡所說的「親愛者的乖張」，就是指 1927 年，1928 年冬春之際瞿秋白和他的盲動主義以及所導致的左傾路線氾濫的惡果。

《追求》是三部曲中情緒最為低沉，幻滅感最為強烈的一部。如果說在前兩部作品的結尾，他多少還留了一點希望，那麼這其中的幾個主要人物，無論是獻身教育的張曼青，還是奉行「半步主義」的王仲昭，也無論是懷疑論者史循，還是追求享樂的章秋柳，所有的追求者最後全部失敗了，甚至史循想要自殺——也失敗了，作者將每一條路都給堵死了，這才是最深廣的幻滅！

從作品的結構看，《追求》已不再是《幻滅》那樣以一兩個主人公的奮鬥歷程為主要線索；也不像《動搖》那樣意在描繪武漢大革命的客觀進程；《追求》的結構體現了較強的主體意識，它以一個抱不同理想的人們七嘴八舌的爭論場面開始，然後隨著他們各自展開的追求，將這種爭論不斷引向深入。這群人誰都不代表作者，可誰的身上都有作者的影子，他將自己的內心矛盾放大為這一群人之間的矛盾，在組織和記錄他們之間的互相辯駁的同時，也緊張地記錄著自己的內心衝突。這樣一種帶有某種程度開放性的複調式結構，不僅表明茅盾對時代現實和自身幻滅情緒的理性思考的深入，同時也顯現出作者已將這種深廣的幻滅感較為成功地轉化成一種審美形式，即在審美的意義上，實現了對幻滅的超越。

四

這種超越應該是文學家茅盾真正誕生的一個標誌。但事實上這一具有重要意義的轉折更可能是在無意識中完成的。

概括地分析起來，促使茅盾拿起筆來從事文學創作，有幾個方面的原因：

首先是大革命失敗後的白色恐怖的逼迫，正因爲通緝令在身，茅盾才不得不較長時間地坐到書桌前來。

其次也是不得已之下的一種謀生手段。「我隱居下來後，馬上面臨一個實際問題，如何維持生活？找職業是不可能的，只好重新拿起筆來，賣文爲生。」（《我所走過的道路》）但這兩種外在的強制性因素，都遠遠不足以促成一個作家的誕生。

第三，更重要的因素是一種迫切的內在精神需要。這種需要來自一種深廣的幻滅感在理智和情感兩方面的催逼。一方面，作爲一個親身參與革命並一度全身心投入其中的茅盾來說，在被大革命的驚濤駭浪沖到岸邊後，他要在理智上緊張地思考這一切到底是怎麼發生的，「我將怎麼辦？」另一方面，在對大革命的追憶中，各種人物形象翩翩而至，特別是他一向敏感的那些年輕女性的身姿和經歷深深打動了他。他在對她們的描繪和敘述中，事實上已經獲得並同時體現著藝術審美的特性，因爲那些女子的青春、美麗、激情、理想本身就是一種美，而追敘這些美的事物的毀滅和消逝，是一種審美意義上的超越，正是這一超越，才有了作家茅盾的誕生。

但在這一轉折中，茅盾似乎始終沒有放棄作爲一個大革命的親身參與者所擁有的理性眼光。所以每當他分析自己的創作時，總繞不開幻滅與信念、幻滅所帶來的社會效果等問題，所以十分在乎別人出於政治和社會效果角度的指責，也是從這一角度給予爭辯甚至表示道歉，但同時在感情上卻又表示無法割捨，「然而同時我仍舊要固執地說，我自己很愛這一篇（指《追求》）」。

從茅盾個人的生命歷程看，這一時期的轉折有著重大的意義。他是由一個職業化的政治活動家向文學家的轉折；從之前他在文學領域裡的活動經歷看，這又是從一個文學批評家和編輯家向作家的轉變。但正如他對「矛盾」之「矛」最後帶了草頭而感到意外一樣，他對當時的這一轉變在主觀上也沒有眞正意識到。他說：

> 在過去的六七年中，人家看我自然是一個研究文學的人，而且是自然主義的信徒；但我眞誠地自白：我對於文學並不是那樣的忠心不貳。那時候，我的職業使我接近文學，而我的內心的趣味和別

的許多朋友──祝福這些朋友的靈魂──則引我接近社會運動。我
在兩方面都沒有專心；我在那時並沒有想起要做小說，更其不曾想
到要做文藝批評家。(《從牯嶺到東京》)

在 20 世紀中國的社會動盪中，在新文學作家隊伍裡，這種「身在曹營
心在漢」，或者「腳踏兩條船」的例子，遠不止茅盾一個，只是由於茅盾在政
治與文學兩個領域裡都有著特殊的經歷和地位，才使得這一現象在他身上顯
現得更為突出，而這也直接影響到茅盾文學道路在以後的走向。

寫完《追求》，茅盾感到身心十分疲憊。十個來月的閉門寫作，長時間專
注於眾多生動的人物和場景，與他們一起哭笑、思索、幻滅、悲哀，再看看
窗外的世界，恍然間有一種隔世之感。

六月下旬的一天，當年共同參與發起共產黨，後因不滿陳獨秀的家長作
風而退黨的著名語言學家陳望道來訪。他見茅盾久困斗室，身體虛弱，情緒
也並不好，就說：「上海的夏天這麼熱，你悶居在小樓裡，是要弄出病來的。
何況現在知道你藏在家裡的人也越來越多了，時間久了難保不發生意外。既
然你對外放出空氣說已去日本，何妨真的到日本去一段時間，一則再避避風；
二則正好換換環境，呼吸點新鮮空氣？」茅盾說：「這種念頭我也曾有過。魯
迅問我下一步打算怎麼辦時，我也曾說，也許會真的去日本。但若真要去呢，
也非易事。第一我不懂日文，人地又生疏；第二我如一人去了，這老少一家
子怎麼辦？」陳望道熱情地出主意：「第二層我不好說，若說在日本的安置，
我和庶五可以幫忙。」吳庶五是陳望道的女友，去日本研究繪畫已有半年。
買船票，兌日元等事，陳望道也包下了。茅盾當即致謝，說與母親商議後再
定。母親早就擔心兒子窩在家裡會憋出病來，有這樣的機會當然贊成，孔德
沚也勸茅盾放心去一段時間，家裡的事情有她照應，再說還有鄰居朋友葉聖
陶夫婦的幫助。於是，她便給茅盾打點起行裝，準備一旦買好船票，就讓丈
夫起程。

幾天之後，也就是在 7 月初的某一天，陳望道終於弄來了船票。茅盾匆
忙地告別了年邁的母親，告別了妻子和兒女，告別了這座熟悉的城市，在陳
望道的陪同下，帶著簡單的行裝，逕直趕赴碼頭，悄悄地登上了一艘開往神
戶的日本海輪，開始了為時近兩年的流亡生活。

第七章　迷茫中的反思與求索

一

　　從 1928 年 7 月初離滬赴日，到 1930 年 4 月初回到上海，茅盾在異國他鄉度過了 20 個月的流亡生涯。雖然離開了上海，離開了祖國，但他始終心繫故上，始終關注著國內政治形勢的變化，關注著新文學的發展，尤其關注著上海這個新的文化中心城市的動態。他的筆也始終沒有停止過，期間的所有文稿，也都源源不斷地寄往上海。可以這麼說，在這一段時期裡，他儘管身在異邦，卻繼續以自己的譯介、創作和評論文字，參與著國內新文化的發展進程，參與和推動著上海文化的發展，對新文學發揮著重要的作用；同時，在積極而痛苦的反思中，也完成著自身的思想意識、文學觀念和創作風格的轉變。另外，這段流亡生涯也伴隨著他個人情感生活上的一份獨特的經歷和體驗，它對茅盾以後的生活同樣有著很大的影響。

　　就在茅盾臨行前，陳望道告訴他：你去日本路上有伴了。茅盾當時沒有料到，這個旅伴還是個年輕女子，更不曾想到在將來一段人生旅程中，她會和自己的命運糾纏在一起，成為他流亡生活中親密的生活伴侶，在自己的情感世界裡佔有一個非同一般的地位。她名叫秦德君。

　　秦德君這一年 23 歲，比茅盾小九歲，但已是三個孩子的母親了。她出生於四川忠縣，父親是個紈絝子弟，母親是貧家女子，懷下她後就被遺棄，母女倆便寄人籬下度日。五四運動時，在成都四川省立女子實業學校讀書的秦德君是成都第一批三個剪髮的女子之一，後因寫給蔡元培要求去北大讀書的信被她所在的校方截獲而遭開除。隨後相繼受到吳玉章、李大釗、惲代英和

鄧中夏等人士的照應，先後轉輾於重慶、武漢、上海、北京、盧州、西安、南昌等地，從事革命工作，是一個「新女性」，又有傳奇般的坎坷經歷。她15歲時就被一穆姓男子灌醉並失身於他，後與他生下一雙兒女，四年後終因無法忍受丈夫的惡劣品行而與之分手。不久又與任馮玉祥西北軍政治部主任的劉伯堅同居並生下一女。南昌起義失敗後，她又悄悄來到上海，請求陳望道設法將她送去蘇聯，陳勸她先去日本，再設法轉道去蘇聯，這樣便與茅盾成了赴日旅伴。

其實，早在五年前執教平民女校時，茅盾就與秦德君相識了。當時秦德君在平民女校當婦女工作部長。兩人在五年後巧遇，又是一起亡命天涯，不盡相同的經歷，一般坎坷的命運，同樣茫然叵測的前途和都需要慰藉的心靈，自然多了許多共同語言，於是在經歷了許多天的海上旅行後，兩人雙雙墜入愛河。

結束了海上旅行而在神戶登岸過海關時，正好也是為了避免日本海關的懷疑，他們就以「夫妻」的身份出現了。在神戶，秦德君進了一個語言學校學日文，住在女生宿舍，茅盾則住在附近的「本鄉館」。雖然周圍也有一兩個朋友，但畢竟是在異國他鄉，又有日本特務的盯梢，日子寂寞而艱難，但最大的煩惱還是生計問題。茅盾只好決定賣文為生。同時，遠離了大革命失敗的中國，他正好可以在寂寞中靜下心來，好好地思考一下混亂中國和他的個人命運。

二

1928 年的中國，是一個多事之秋，外侵和內亂頻頻交困著這個民族。這一年，日本軍國主義開始了有步驟的侵華政策，在國民革命軍第二次北伐時竭力阻撓，對中國的南北兩個政府不斷威脅、利誘、挑釁和干涉，力圖阻擋中國的統一。日軍於 5 月製造「濟南慘案」，6 月又在東北製造「皇姑屯事件」，炸死了東北軍閥首領張作霖，這倒反而促成了南北政府在外強壓境下的暫時聯合，至年底，張學良將軍宣佈「東北易幟」，實現了中國的統一。與此同時，建立在 1927 年的血腥與背叛基礎上的國民黨南京政府，從一開始便顯示了其統治合法性的喪失。它在對日政策上採取軟弱妥協的不抵抗政策，從而使它在民族主義情緒高漲中失去了民心；它對革命的背叛，對中國共產黨和激進民眾的大屠殺，毀滅了它的基層組織；而四大家族的聯合更使這一

政府蛻化為一個與社會基礎脫節，僅僅依靠其軍事力量獨立存在的利益集團，從而不久以後再次引發了幾大軍事集團間的爭戰。與此相反，共產黨在經受了嚴重挫折後，在江西、廣東發動了一系列的起義，獨立領導了自己的武裝力量，並在農村開展了土地改革和武裝暴動，紅色革命和白色恐怖在那裡交錯糾纏著。蔣介石政府與共產黨在軍事上的對立不久也反映到文化領域中來。國民黨在政治上反動，同時也實行反動的文化政策，他們拒絕新文化，鼓吹忠孝仁愛信義和平的傳統道德。就連後來做了國民黨政府「過河卒子」的胡適也說，「現在國民黨所以大失人心，一半固然是因為思想的僵化不能吸引前進的思想界的同情，前進的思想界的同情完全失掉之日，便是國民黨油乾燈草盡之時」。國民黨的全面反動，失去了中國絕大多數知識份子的支援。

這一年的中國文化界同樣發生著巨大的轉變，這一轉變尤其突出地反映在多種政治、經濟和文化勢力交錯混雜的上海。

1927 年的政治動盪和血腥並沒有給上海的資產階級帶來多少震動，相反，他們卻繼續沉浸在發達資本的夢想裡。是年 7 月 7 日，上海特別市成立，蔣介石親臨致辭：「上海特別市乃東亞第一特別市，無論中國軍事、經濟、交通等問題無不以上海特別市為根據。若上海特別市不能整理，則中國軍事、經濟、交通等不能有頭緒……上海之進步退步，關係全國盛衰，本黨成敗。」但上海資產階級的夢想很快破滅，政府與黑社會勾結一氣，進行敲詐勒索，「對上海資本家來說，國民黨在上海的第一年統治幾乎是一場災難。……作為中國最有力量的經濟集團的上海資產階級，企圖把他們的經濟力量轉變為政治權力的打算，已經是落空了。上海資本家在 1927 年以前所享受的政治自由突然結束，而墜入到『恐怖統治』之中了」（小科布爾《上海資本家與國民政府》）。

但另一方面，上海的經濟還在發展。到 1928 年，人口已達 360 萬，集中了全國的大部分工業和財富。上海資本主義的發展產生了現代性的複雜對比與矛盾，上海的畸形繁榮和整個中國的貧窮形成了鮮明的對照，上海都市中的貧富分化也日益嚴重。正是在上海資本主義的發展中，產生了新的無產階級及其世界觀，這一嶄新的觀察世界的方式在國際思潮的影響下，很快便在文化領域——從上海這個現代化的都市登臺上演了。

1928 年開始的由創造社和太陽社成員發起的「文化批判」運動和由此導

致的「革命文學」論爭，就是在這樣的背景下展開的。作為一種標誌，革命文學的論爭表明中國新文學正經歷著一場新的裂變。在爭論最激烈的時候，茅盾雖然不在上海，但他並沒有遠離論爭的漩渦，他以往的文學觀點、文學創作和批評很自然地使他成為批評的焦點之一，他通過遠在日本的創作和思考，同樣及時地參與了這場爭論。

在 1927 年秋的大革命失敗之中，茅盾一下子陷入了「一個苦悶時期」，一種深廣的幻滅感促使他急切地拿起筆來，借創作傾吐苦悶。在一股激情的催逼中寫下的《幻滅》、《動搖》和《追求》，已不再是原先他在理論上所主張的那樣，從理性認識的角度去體現作品的一種「指導人生」的功利價值，因為這時候，藝術創造的激情已壓倒了政治說教的熱情。他承認自己第一次以比較超越的姿態，煥發了藝術敏感，真正以審美的方式去把握自己的情感體驗。在這裡，他顯然認為自己的三部曲在藝術上是成功的，其中沒有什麼說教，也不是硬要以某種意義去「指導人生」。他認為，如果能真正揭示特定時代、特定人群的某種精神狀態，那就已經很不錯了，不一定非得為了宣傳效果而勉強去寫自己所不熟悉、沒有精神觸動的題材，即使寫了也不會寫好。

茅盾的《幻滅》在 1927 年 9 月號、10 月號發表時，創造社和太陽社正籌畫提倡革命文學，而一批激進的知識份子如成仿吾、馮乃超、朱鏡我、彭康等先後從日本回國。不久，他們就以新的批判邏輯，以「唯物辯證法」的觀點和激進的態度對五四新文學傳統及包括魯迅在內的作家加以重新評價。他們指責魯迅「常從幽暗的酒家樓頭，醉眼陶然地眺望窗外的人生」（馮乃超《藝術與社會生活》）說「他是資本主義以前的一個封建餘孽」，「是二重的反革命人物」，「是一位不得志的法西斯」（杜荃（即郭沫若）《文藝戰線上的封建餘孽》）。而茅盾的這些創作，正好是送上門去的靶子，他們指責茅盾的三部曲，題材是寫小資產階級而非無產階級，情調又比較苦悶，不能適應革命時代的政治需要，說茅盾「完全是一個小布爾喬亞（即小資產階級）作家」（錢杏邨語）。

創造社和太陽社的這些指責，反過來促使茅盾重新認真地思考他原先所沒有解決的問題，即作家的藝術追求如何與現實追求相統一，這又涉及到作品的題材，創作的主體性，以及作家在創作過程中的藝術視角等問題。但當時他一方面要埋頭於《動搖》與《追求》的寫作，另一方面他也不想在閉門

不出的狀態下，直接參與這場左翼文學內部的論戰。直到他離開上海去日本之後，他才在認真的思考中寫下了長篇論文《從牯嶺到東京》，既是對自己的人生經歷和追求的反思，也是對那些指責的反駁和辯護。

《從牯嶺到東京》一文，坦率地表明了茅盾在大革命失敗之際的真實心態和思考：「從《幻滅》至《追求》的一段時間正是中國多事之秋，作者……沒有法子不流露出來。我也知道，如果我嘴上說得勇敢些，像一個慷慨激昂之士，大概我的讚美者還要多些罷；但是我素來不善於痛哭流涕劍拔弩張的那一套志士氣概，並且想到自己只能躲在房裡做文章，已經是可鄙的懦怯，何必再不自慚的偏要嘴硬呢？……所以我只能說老實話；我有點幻滅，我悲觀，我消沉，我都很老實地表現在三篇小說裡。」

在這篇論文中，茅盾提出了一些與他原先的主張有所不同的文學觀點。他反對那種只「有革命的熱情而忽略於文藝的本質，或把它視爲宣傳工具——狹義的」；對於那些從宣傳的意圖出發強行寫作的「標語口號文學」，茅盾更表示反感。在他看來，關鍵不在於寫什麼題材，不在於是否寫小資產階級，而在於能否真正以審美的方式去表現作家所切身感受的生活經驗。雖然《幻滅》等三部曲有這樣那樣的缺點，但它真實地表現了茅盾「生活中的一個苦悶時期」，是遵循和發揮了「文藝的本質」，即審美地把握了作家的體驗視景的，所以他還是很愛自己的這些小說的。

《從牯嶺到東京》既是茅盾對自己創作的辯護，又是對當時的「革命文學」理論的批評。他第一次從作家的角度來撰寫評論，再加上他此時正處於遭受創造社的左傾機械論批判的地位，這就使他的一些帶有逆向思維特點的觀點有可能既突破自己，也突破左傾機械論，在「革命文學」論爭的諸種意見裡顯得比較冷靜，也比較符合文學創作的自身規律，同時，也在相當程度上給一度處於圍攻中的魯迅以聲援。儘管那時他身在東洋，對上海的創造社和太陽社諸君偏激地圍攻魯迅先生的情景，了解得還不是十分及時和具體。

但文章中也明顯地體現了茅盾擺脫失望悲觀情緒，振作精神的努力，而這又同與秦德君間的情感慰藉密切相關。秦德君與他的新生活，無疑使他在異國他鄉得到身心體貼和精神鼓舞。他說：「我決計改換一下環境，使我的精神蘇醒過來。……我自己是決定要試走這一條路，《追求》中間的悲觀苦悶是被海風吹得乾乾淨淨了，現在是北歐的勇敢的命運女神做我精神上的前導。」這種自我振作的努力，不久也就反映到他的創作活動中了。

三

這一年冬季，茅盾與秦德君一起，從東京遷移到京都，那裡有一群從祖國流亡而來的革命者，其中還有茅盾在商務印書館的一些同事和朋友。他和秦德君一起，在一個十分簡陋的居室裡，繼續他的旅居創作生活。爲了振奮自己的精神，改變自己在讀者心目中的形象，尤其是爲了應對創造社和太陽社對他創作的批評，茅盾除了寫作有關神話研究和騎士文學研究的著作外，還寫下了《一個女性》、《詩與散文》、《曇》和《色盲》等有關女性解放主題的短篇小說（散文）。對女性命運的關注一直是他文學活動的一個極其重要的部分，乃至是他藝術生命的精神支柱之一。這些文字，都陸續發表在上海的《小說月報》、《文學週報》等雜誌，有的以單行本的形式在上海的大江書鋪、世界書局出版。茅盾繼續參與國內特別是上海文壇的活動，而最可以表明茅盾在這一時期的思想變化和創作動向的，是長篇小說《虹》和評論《讀〈倪煥之〉》。從中可以看出茅盾在從 20 年代末到 30 年代左翼文學時期的文學創作和批評的轉變軌跡。

當他的《從牯嶺到東京》一文在《小說月報》（第 19 卷第 10 號）刊出後，又引來了創造社和太陽社的批評。他們指責茅盾是「小資產階級的代言人」，不過，比起對魯迅的態度來，他們還給茅盾「留了一點面子」，他們說：「我們這一次戰鬥是和與魯迅一班人的戰鬥不同的，這一次的戰鬥是無產階級文藝戰線和不長進的所謂小資產階級代言人的戰鬥！」也就是說，茅盾還夠不上「封建餘孽」的頭銜呢。

不過，若是從批評者的一方看來，茅盾的確是在有所「長進」，至少是在作「長進」的努力，他雖然一度消沉，但他並不想落後於時代潮流，只是想用他自己的方式。即使是在《從牯嶺到東京》一文中，我們就已看到了「兩個茅盾（矛盾）」的現象。一方面，他順從自己作爲一個作家的藝術感覺，並且從創作經驗出發，拋棄過於功利主義的文學觀念，爲自己所喜愛的作品辯護。在此文遭到圍攻後，他又於 1929 年 5 月初寫下了《讀〈倪煥之〉》一文，借評論葉聖陶作品的機會，再一次對創造社和太陽社的觀點予以反駁。他勸那些有志於文學者，與其寫那些「既不能表現無產階級意識，也不能讓無產階級看得懂，只是『賣膏藥式』的十八句江湖口訣那樣的標語口號式的無產階級文藝，還不如揀他們自己最熟悉的環境而又合於廣大的讀者對象的小資產階級來描寫」。但在另一方面，在那些「革命文學」倡導者們激進的批評夾

擊下，他又顯然在擔心自己會因為過分沉溺於個人情緒的創作或注重審美把握而「落後於時代」，於是很自然地在文中反覆自責「悲觀頹喪」，一再表明要恢復自己的信念。如前所述，這一努力其實早在《動搖》的寫作剛剛完成時，便通過短篇小說《創造》的「有意為之」而體現出來了。

就在寫作《讀〈倪煥之〉》一文的同時，茅盾又在構思寫作另一部以新女性為主人公的長篇小說。作品以一個新女性（秦德君的同鄉好友胡蘭畦）為原型，敘述她在大革命時期的傳奇經歷及其追求，題名為「虹」正是象徵了有迷人魅力的春之女神，象徵了希望。同時他還計畫在《虹》完成後，再寫出一部名為《霞》的姊妹篇，雖然茅盾終於不能決定這象徵梅女士的「霞」到底是「朝霞」還是「晚霞」，「凝思甚久而終於不敢貿然下筆」，但其積極自奮的用心還是十分良苦的。與此相應的是茅盾在不間斷地遭受批評之後，對三部曲也有了重新認識。在小說《幻滅》被列入「文學研究會叢書」出單行本時，他在扉頁上題款《離騷》中的句子：「吾將上下而求索」；兩年後，三部曲合為一本，由開明書店出版時，他以「蝕」為總題，表明書中的人事和情感不過是一種暫時現象，就如日蝕月蝕一般。並在扉頁的題詞中寫道：

> 生命之火尚在我胸中燃熾，青春之力尚在我血管中奔流，我眼尚能諦視，我腦尚能消納，尚能思維，該還有我報答厚愛的讀者諸君及此世界萬千的人生戰士的機會。營營之聲，不能擾我心，我惟以此自勉而自勵。

他自認《蝕》三部曲中「有纏綿幽怨和激昂奮發的調子同時存在」，在筆調中常顯出「波浪式的起伏情緒」，其實，這也可以用來說明他的思想狀況和批評觀念的矛盾現實及其前後的變化。他本是個熱心革命運動和政治的人，但又具有藝術家的敏銳和衝動；所以，當他以切身的創作經驗談論文學時，就可能比較尊重作家的藝術體驗和審美情趣，可是只要他一顧及時代政治的要求和文壇的狀況時，又常常會把社會功利性機械地置於藝術審美的追求之上，這種現象不僅存在於茅盾的文學觀念中，當時的許多左翼作家和批評家群體中普遍存在著這一局限，這是動盪年代的文學觀念變革中難以避免的。相比而言，茅盾還是較早地意識到這一局限，並在理論和創作中力圖加以克服。

遠在東瀛的茅盾，以他手中之筆，借助於上海這個中國現代文化重鎮的新文學期刊陣地，繼續著他對文學發展和文化建設的思考和探索。茅盾文學

觀念的這一轉變，在某種意義上也是參與以上海為中心的「文學革命」論爭的結果。這一時期創作的切身體驗以及由此而引起的爭論思考，畢竟為作家和批評家茅盾的藝術視野開闢了一個新的角度，從而成為他進入 30 年代左聯時期對無產階級文學的理論探索和創作的一個過渡，也使他的創作和批評得以較好地避免那種違背創作規律的文學概念和教條的侵害。

1929 年秋冬之際，中國共產黨在日本的組織幾乎被「一網打盡」。由於日本特工的搜捕，與茅盾等一起居住在京都高原町的流亡朋友，有的被捕，有的被迫回國，只留下茅盾和秦德君兩人，他們愈發感到身在異鄉為異客的寂寞。不久他們遷居京都城區，高漲的房租又成了他們的負擔。原來他們兩人商量好的浪漫的理想計劃——茅盾與孔德沚離婚，然後積攢路費，遠走蘇聯——就不得不面臨著現實的嚴峻考驗。

1930 年春，他們不得不考慮下一步的歸計，尤其是茅盾，他必須回上海，上海既逼迫著他，又吸引著他，要他儘快回到這個「第二故鄉」去。

他從葉聖陶等好友的來信中得知，孔德沚已知道他在日本另有所愛，十分氣憤，他的母親和孩子也因此生活在緊張的空氣裡，兒子與父親的責任感迫使「他不能這樣扔下他那可憐的母親和兩個孩子不管，獨自逍遙異國他鄉。為此，他內心焦躁、煩悶，極度痛苦，以致無心寫作」（見沈衛威《艱辛的人生——茅盾傳》）。

但更為重要的是，這時候的茅盾，已經與三年前的沈雁冰有了很大的不同。他在新文學文壇上已有了相當的地位，他不單是一個有名的編輯和批評家，同時又以其創作深深地影響了文壇。而且，經過時代波濤的顛簸和個人自我認識的深入，他已日漸明白：文學和文化將註定是自己投身於時代，為國家和民族盡力的最佳角色選擇。而作為一個文學家，只有回到他的故土，才可以最大限度地激發他的創作潛力，對時代和社會發揮影響。上海，這個他由此走向社會，走上文壇的現代都市，對茅盾有著巨大的吸引力。

下編：三居上海（1930～1948）

——子夜時分呼喚黎明的人生追求

第八章　傑出的左聯評論家

一

　　1930 年 4 月 5 日，流亡了一年零九個月的茅盾，終於又悄悄地回到了上海。從此直到 1937 年底租界之外的上海都陷於日軍的侵略炮火為止，歷時七年有餘，茅盾一直生活、工作、戰鬥在上海，其中經歷了整個左聯時期以及抗日戰爭的初期階段。從時間而言，這僅次於大革命之前他在上海生活的第一個時期（歷時十年）。

　　抗戰之前的 30 年代，中華民族雖然在政治上仍是外患不斷，但從民族文化的總體格局看，尤其是與前後兩個時期即五四後的 20 年代與全面抗戰時期相比，這是一個五四新文化的全面發展和收穫期，是新中國成立以前中國現代文化和文學的一個「黃金時代」，也是中國左翼文化和文學的蓬勃發展時期。而「30 年代」的上海，因其特殊的地理位置和在全國的政治、經濟與文化發展中的重要地位，更形成了一個文化發展的獨特空間。這裡的「30 年代」，特指自大革命之後的 1927～1937 年「八一三」抗戰爆發之前的一段時期，前後正好十個年頭。

　　「30 年代」的上海，一方面充滿著各種各樣的矛盾、對立和衝突，國民黨蔣介石政府的政治獨裁和文化專制，對上海的進步文化事業，尤其是左翼文化和文學予以竭力禁錮和嚴厲扼殺；而由中國共產黨領導的左翼文化陣營和其他進步文化團體和人士，卻以各種不同的方式對抗著封建法西斯的文化專制和政治獨裁，繼續發揚五四文化傳統，進行著艱苦卓絕的文化傳承和創造工作。另一方面，外國列強的租界在這一特定的時代環境中，對上海乃至

－91－

全國的文化發展又起著十分獨特的作用。租界的存在在根本上雖然是對中國主權的一種侵犯，但在當時特殊的歷史條件下，它在某種程度上又在專制政治的鐵幕中為文化的承傳和發展提供了生存的空間和機遇。許多進步的文化事業，都是利用外國租界勢力作掩護，躲避反動的中國當局的森羅嚴網，逐步積聚力量，拓展新的創造空間。正是在這一獨特的歷史境遇中，舊上海的「30年代」才成為文化發展的「黃金時代」，成為同時期中國文化的一個重要組成部分。特別是這期間，馬克思主義思想在左翼文藝陣營中得到了普及和推廣，並在文化實踐中將這一理論原理與中國革命的具體實踐相結合，使中國的左翼文藝達到了「經國之大業」的境界，並與世界文化的發展潮流形成同步發展的態勢。

同樣可以說，在中國新文學的這一段歷史中，上海是文壇的半壁江山，是新文學在南方的中心重鎮。而其中茅盾所處的地位和作用又是十分重要的。他是左翼文藝陣營中最有影響的批評家之一；他在這時期的文學創作代表了中國左翼文學的最高水平；他在左聯作家群中的地位和影響僅次於魯迅，他與晚年的魯迅密切配合，並肩戰鬥，為左翼文藝的生存和發展，為整個新文學的發展作出了重大的貢獻。從茅盾個人的文學歷程來看，這也是他繼 20 年代的改革《小說月報》之後，其藝術生命的第二次輝煌時期；若以藝術上至於成熟和對中國新文學史的影響而論，則是他藝術創作的顛峰時期。

1928 年至 1930 年的上海，在反革命的白色恐怖低潮之中，反而出現了一個革命文學的高潮。而這個高潮的到來，並且在上海形成一個中心，又是在國際國內的政治經濟文化的多種因素作用下共同促成的。從今天來看，這些變化都使當時的中國特別是上海的左翼文化和文學運動的開展成為一種可能。

從國際環境來說，中國的無產階級文學運動是以蘇聯為中心的國際共產主義運動和國際左翼文藝運動的一個組成部分。十月革命的勝利和之後十年的「新經濟政策」的內部調整，使蘇聯的紅色政權得到了穩固，剛剛經受了經濟危機的西方知識份子也紛紛傾向同情和讚賞蘇聯；殖民地國家的弱小民族更是從蘇聯身上看到了民族獨立與解放的曙光，使「紅色的30年代」成為一種世界性的文化思潮。隨著蘇聯無產階級在政治上的成功，很快在文化上提出了相應的要求，他們在文化領域開展一系列的領導和組織活動，並成立

了國際革命文學的聯絡組織，通過共產國際的影響，對世界各國包括中國的左翼革命文學運動產生影響。

在中國國內，「革命文學」經過創造社和太陽社的竭力提倡，很快形成了一種潮流。這種不無偏激的提倡及其所引起的連鎖反映，在許多方面爲 30 年代的左翼文學運動的展開作了準備。它使馬克思主義在中國特別在知識界和文藝界得到傳播，並使階級觀念得到了相當程度的普及，也使文學觀念發生了重大的變化，革命和反抗成爲文學的首要任務，革命成爲文學的鮮明主題。即使是與左聯沒有組織聯繫，一向被視爲自由作家的巴金也說：「固然人說生活是短暫的，藝術是長久的，但我卻始終相信著還有一個比藝術更長久的東西。那個東西迷住了我。爲了它我甘願捨棄藝術，捨棄文學，而沒有一點留戀。」（《寫作生活的回顧》）胡也頻等左翼作家都是在這時期完成了他們的思想轉向，當然這也導致了作家隊伍的再一次分化和組合。

與此同時，爲了尋找政治和經濟上的庇護，尋找棲身和發展自己的空間，各地的文化人士紛紛來到上海，造成了 1928 年前後的文化中心的大遷移。文化人士的集中使本來就發達的報刊山版業如虎添翼，從而也促使文學的生產方式發生了變化。文化和文學的時代要求與現代傳媒的結合，使「革命文學」成爲一種新的都市文化現象。而左翼文化和文學正是在這樣的空間中發展和壯大起來的。差不多就在茅盾流亡日本的近兩年間，當時在讀者中產生廣泛影響的「普羅文學」代表作家蔣光慈的作品，已經爲新文學創下了一個奇跡，他的《少年漂泊者》、《短褲黨》、《莉莎的哀怨》、《衝出雲圍的月亮》等小說在讀者中廣爲傳閱，並在上海的書刊市場出現了空前的盜版現象，蔣光慈的「革命加戀愛」的普羅小說一時間成了閱讀界的時髦。當然，「革命文學」的早期提倡也留有不少弊病有待清除和克服。而所有這一切，對具有實際政治經歷和相當的文學批評、創作與編輯的經驗，並已經產生較大影響的茅盾來說，正是他施展才華的大好時機。

二

茅盾回到上海後，爲了避開政府當局的耳目，暫時居住在法租界的朋友家中。當天他就到景雲里家中看望了家人，同時也見到了借住在他家裡的馮雪峰。這是他與馮雪峰的第一次見面。從馮雪峰那裡，茅盾知道：前不久，中共中央指令江蘇省委著手糾正文藝界的左傾思潮，在黨內批評了創造社和

太陽社的黨員們對魯迅、葉聖陶、郁達夫和茅盾的錯誤批判，從而結束了「革命文學」論爭。現在魯迅已經和創造社、太陽社聯合了，還剛剛成立了中國左翼作家聯盟。馮雪峰就是由中國共產黨組織的安排，來擔任黨與魯迅之間的聯絡工作的。

這天晚上，茅盾夫婦還一起看望了住在隔壁的葉聖陶夫婦，感謝他兩年來對他們家裡的悉心照顧。在葉聖陶陪同下，又去後弄堂拜訪了魯迅，但魯迅對左聯成立之事卻隻字未提。倒是當時擔任左聯黨團書記的馮乃超通過楊賢江約茅盾晤談，兩人此前曾打過筆仗，卻未曾見過面。寒暄過後，馮乃超就說：他是代表左聯來邀請茅盾加入的。他介紹了左聯的籌備經過，出示了一份書面的「左聯綱領」，徵求茅盾的意見。茅盾看過後說很好。馮乃超問茅盾願不願意加入，茅盾說：「按綱領要求，我還不夠資格。」馮說：「綱領」是奮鬥目標，只要同意就行了，你不必客氣，茅盾也不便推辭，就同意了。

「左聯」是在中國共產黨的領導下成立並進行活動的。它是中國共產黨為配合激烈的政治、軍事鬥爭，在文化領域裡開闢的又一戰場。它在繼承五四文學革命傳統，倡導無產階級革命文學，介紹馬克思主義文論，抗擊國民黨反革命文化「圍剿」，批判各種反動文藝思潮，培養青年作家等方面，都有著重要的功績，同時在左聯的成立和活動過程中，也留下了不少教訓。期間，中國共產黨受到幾次左傾路線的危害：「一九二九年下半年到一九三〇年上半年，還在黨內存在著的左傾思想和左傾政策，又有了某些發展（見毛澤東《關於若干歷史問題的決議》）。而左聯正是在這個時候開始籌備成立的。不久，李立三和王明的左傾路線先後在黨內佔據統治地位，直到 1935 年 1 月遵義會議為止。這些背景不能不影響到左聯的綱領、決議和日常活動。從左聯內部的具體情況看，「革命文學」之爭雖然在黨組織的干預下停止，魯迅也已加入左聯並成為名義上的主要領導人：他是 12 位發起人之一，又是由 7 人組成的左聯執委會的首列領導人。但左聯內部原創造社和太陽社的成員，實際上仍不尊重魯迅，使他難以發揮領導作用。魯迅不參加他們搞的像黨團那樣的飛行集會、貼標語發傳單之類的失去文學特點的過激做法；也不滿意於他們把葉聖陶、鄭振鐸等有重大影響的作家關在組織門外的關門主義做法。茅盾後來了解其中的緣由後，才恍然領悟到那天葉聖陶陪他去拜訪魯迅時，魯迅為什麼對左聯的事隻字未提。

　　茅盾出於和魯迅同樣的看法，也不滿意當時左聯的狀況，對於遊行集會等活動他也經常犯「自由主義」，從而招來某些左聯成員的不滿。馮雪峰出面解釋說，茅盾年紀大了，身體又弱，這些活動就不必參加了。茅盾在晚年回憶此事時風趣地說：身體弱倒是事實，年紀大只能是藉口，那時我不過34歲，參加個遊行，夜間去貼個標語，是完全能辦到的。

　　茅盾參加左聯後，就與魯迅成了親密的戰友。不僅在當時的左聯工作中，而且之後在《文學》雜誌、《譯文》雜誌和《申報‧自由談》等報刊的編輯、撰文中，兩人相互合作，配合密切，共同為抵抗反革命文化「圍剿」，建設新文學作出了巨大貢獻。

　　1930年8月，瞿秋白夫婦從莫斯科回到上海。茅盾和瞿秋白是1927年7月在武漢分手的，三年後重聚，自然有許多感慨。瞿秋白詢問了茅盾的近況，他支持茅盾寫小說，還看了他正在寫的中篇小說《路》的頭幾章，並提了一些修改意見。不久，瞿秋白在六屆四中全會後遭王明的打擊，被排擠出中央領導崗位，有半年沒有工作安排，後來就參加了左聯的領導工作。他十分尊重魯迅和茅盾的意見，積極在左聯內排除左傾傾向。1931年11月，左聯執委會通過了《中國無產階級革命文學的新任務》的決議，標誌著左聯的工作進入了一個新的時期。

　　茅盾在回憶錄中對瞿秋白在左聯發展中的作用是這樣評價的：「當他參加了左聯的領導工作，加之對魯迅的充分信賴和支持，就使得魯迅如虎添翼。魯迅與瞿秋白的親密合作，產生了這樣一種奇特的現象：在王明左傾路線在黨內占統治地位的情況下，以上海為中心的左翼文藝運動，卻高舉了馬列主義的旗幟，在日益嚴重的白色恐怖下（1932年以後上海的白色恐怖，比之1930、1931年更是猖獗了），開闢了無產階級革命文學的道路，並且取得了輝煌的成就！」茅盾認為，這些成就的取得，除了魯迅、瞿秋白的領導作用外，和馮雪峰、夏衍、丁玲等的支持也是分不開的。其實，這也和茅盾的努力分不開，他在1931年和1933年曾兩度擔任左聯的行政書記。

　　瞿秋白對茅盾的影響更直接地體現在茅盾的創作與批評實踐中，這裡先述文學批評方面。作為共產黨的主要領導人和政治革命家，瞿秋白具有鮮明的政治意識；但他同時又是一個文學批評家。他對文學的黨性、階級性和政治性的強調雖然與茅盾的批評觀有所不同，但對茅盾也有影響，這與茅盾對社會政治鬥爭的熱情和經歷有關。而瞿秋白對左傾傾向和機械論的批評，茅盾更有認同感。

1931 年 6 月，茅盾在瞿秋白的建議下，連續寫了《「五四」運動的檢討》、《關於「創作」》、《中國蘇維埃革命與普羅文學的建設》三篇論文。尤其是前兩篇文章，在寫作之前，茅盾與瞿秋白都經過商量，文中的有些觀點也是瞿秋白的。從內容看，這三篇文章是相互聯繫的，即總結五四以來新文學運動的經驗教訓，探索創造無產階級文學的途徑和方法。

這三篇文章的寫作時間都集中在 1931 年下半年，當時茅盾正擔任左聯的行政書記。第一篇文章《「五四」運動的檢討》有個副題：「馬克思主義文藝理論研究會報告」。這一研究會是左聯下設的一個機構，旨在組織左聯成員學習和研究馬克思主義，以指導無產階級文學運動。而此文就是作為討論大綱提交研究會的，文章本身帶有一定的「內部文件」性質，這也是茅盾在寫作之前要與瞿秋白商量的一個重要原因。但也不是說這些文章的寫作純粹是出於左聯工作的需要而與茅盾本人的思想關係不大。事實上，茅盾在加入左聯以後，正經歷著進一步的思想變化，這一變化直接導致了他在左聯時期及其以後的文學觀念的最後確立，並一直體現在他的文學批評和創作實踐中。其中的重要一點就是其政治意識和社會熱情的重新抬頭，而且這一思想傾向和它的表現方式與大革命之前相比又有了新的特徵。

在大革命之前，文學在他的心目中只是一種職業，他的熱情更傾向於社會政治活動。他不曾想到要做一個文藝批評家——但事實上卻已是一個著名批評家；他不曾想起要寫小說——但大革命後卻接連寫了好幾部小說，而且頗有影響。所以，從茅盾當初的主觀願望來說，只有大革命時期的投身於政治實踐，才是他自我價值的真正實現。只是一旦接觸政治鬥爭實際時，他才發現自己的性格與現實鬥爭需要之間的距離，因而又弄得「兩方面都沒專心」起來。經過近兩年的流亡生活，尤其是從 1931 年起，茅盾真正開始確立了以作家的身份投身時代潮流，以文學的方式參與社會政治變革的人生理想。導致這一思想變化的原因，除了在無產階級文學的倡導中，他在理論和實踐中找到了文學干預社會政治的具體方式外，一個具體的事件也不應忽視。就在 1931 年間，茅盾曾通過瞿秋白向黨中央提出恢復組織生活的要求，但並沒有得到答覆。當時瞿秋白本人也正受到排擠，無法進一步為茅盾出力。所以他勸告茅盾安心創作，並以魯迅為例，鼓勵茅盾在黨外、在文藝領域裡為共產黨的事業出力。茅盾復黨未果的實際背景也許要更複雜一些，但這一事件在客觀上也推動了茅盾思想的轉變。也許正是從此開始，魯迅不再僅僅是他所

十分尊敬的一位前輩作家，一位文學上的導師，而且在他的心目中，「魯迅方式」（當然是他的理解）已經成為自己安身立命的榜樣了。所以，儘管對文學社會功能的強調在茅盾是由來已久的，但真正在意識上明確這一點，並在自己的批評和創作實踐中身體力行，那還是從左聯時期才真正開始的。而《「五四」運動的檢討》等三篇論文，正是這一思想轉變在茅盾的文學批評實踐中的體現。

茅盾這三篇論文的主要意圖，就是要回顧新文學十多年來的歷史，並力圖從這一傳統中梳理出無產階級文學的產生和進一步發展的依據；同時，也總結這十多年來，尤其是「革命文學」倡導以來，無產階級文學的經驗教訓。

在《「五四」運動的檢討》一文的「題解」中，茅盾是這樣論述五四新文化運動的性質的。他認為：「『五四』是中國資產階級爭取政權時對於封建勢力的一種意識形態的鬥爭。換一句話說，『五四』是封建思想成為中國資產階級發展上的障礙時所必然要爆發的鬥爭。……然而這以後，無產階級運動崛起，時代走上了新的機運，『五四』埋葬在歷史的墳墓裡了。」這裡且不論茅盾對五四運動性質的論述是否與歷史相符，有一點十分明確，即文學已被視作意識形態鬥爭的一部分了。在此基礎上，茅盾確立了五四傳統和無產階級文學間的聯繫，為新文學的發展找到了傳統的依憑。他認為隨著「五四運動的結束」和「無產階級運動的崛起」；無產階級文學運動是必然會到來的。這實際上意味著茅盾開始真正告別五四時期的啟蒙主義傳統。

作為在五四新文化運動的啟蒙下成長起來的知識份子，茅盾在同代人中雖然屬於社會政治意識比較強烈的一個，但無論在 20 年代的批評實踐中，還是在大革命後最初的創作中，對個人主義的強調還是很明顯的，《蝕》三部曲中的主人公們身上，大都帶有明顯的「五四」啟蒙主義和個人主義氣息。就是在流亡日本期間，儘管茅盾努力想把《虹》的主人公梅女士送往集體主義的政治鬥爭洪流中，但也總露出一種力不從心之感，所以它的姊妹篇《霞》終於不能問世。現在，茅盾是想通過對新文學傳統的回顧和梳理，在理論上為無產階級文學的出現，也為自己的文學觀念的確立，尋找一種依據。

另一方面，茅盾長期以來的文學批評和切身的創作實踐，又使茅盾強烈地意識到「革命文學」的倡導者和早期左聯所確立的方針在理論上的幼稚和實踐上的粗陋，對其在組織上的關門主義和宗派主義，政治上的左傾傾向和

文學上的公式化、概念化傾向提出了一系列尖銳的批評，他指出：如果把文學理解爲「政治宣傳大綱」和「公式主義的結構和臉譜主義的人物」的現象得不到改變，將來的偉大作品就不可能出現。

　　雖然這三篇文章中的具體觀點並不完全是當時茅盾自己的，但至少也表明他已經基本上接受了這些觀點。或者說，茅盾與瞿秋白的商議和文章寫作的過程本身，就是他的文學觀念進一步確立的過程。這也就確立了茅盾的批評觀在左翼批評家中的獨特的地位和影響。即既明確地意識到文學的社會功能，從文學對社會變革的推動和參與角度認識與評判文學，同時又帶著自身的創作經驗和對藝術特性的領悟，並在文學批評和創作中努力實踐著兩者的結合，從而使他的批評風格明顯地區別於瞿秋白、馮雪峰、周揚和胡風等左翼批評家。

<h2 style="text-align:center">三</h2>

　　茅盾對無產階級文學的理論思考，同樣也體現在 1932 年對「文藝大眾化討論」的參與中。

　　自左聯成立後，就設立了文藝大眾研究會作爲其下屬的一個機構，並出版了《大眾文藝》半月刊，還組織了文藝大眾化座談會。當時一種普遍的意見認爲，文藝既是解放鬥爭的一部分，文藝大眾化的問題也就是一個深入群眾的問題。五四新文學的讀者實際上仍是小資產階級、青年學生，而廣大民眾則不讀或讀不懂，因而文藝大眾化的任務就是要用大眾的語言，大眾能接受的方式來創作。魯迅對文藝大眾化的倡導有冷靜辯證的認識，他認爲「在現下的教育不平等的社會裡，仍當有種種難易不同的文藝，以應各種程度不同的讀者的需要」，「多作或一程度的大眾化的文藝，也固然是現今的急務。若是大規模的設施，就必須政治之力的幫助，一條腿是走不成路的，許多動聽的話，不過文人的聊以自慰罷了」。茅盾雖然沒有參與 1930 年的這一次討論，但他的看法與魯迅較爲接近。

　　到 1932 年夏的第二次文藝大眾化問題討論時，茅盾發表了自己的意見，這就是以止敬的筆名發表在《文學月報》第二期上的《問題中的大眾文藝》。此文的寫作也與瞿秋白有關，是針對瞿秋白的《普洛大眾文藝的現實問題》和《論文學的大眾化》兩文中所提出的觀點的爭論。在 30 年代左翼文學中展開的三次文藝大眾化討論中（第三次發生在 1934 年），正式的論文茅盾只寫

過這一篇，但他為此是下了一番調查研究的功夫的，說明茅盾對文藝大眾化問題是作過認真思考的，而這一次調查正與上海有關。

瞿秋白在兩篇論文中，對大眾文藝的內容、形式、語言、創作方法以及當前的具體任務等都有涉及，提出了自己的觀點，但不免有些偏激。他認為：

第一，創造革命的大眾文藝，用什麼話寫的問題，是「一切問題的先決問題」。

第二，「五四」新文學的語言仍然是「士大夫的專利」。它是中國文言文、歐洲文法、日本文法的混合體，是「非驢非馬的『騾子話』」，是一種新式文言。用這種語言寫作，大眾是讀不出、看不懂的。

第三，革命的大眾文藝應該用「現代中國的普通話」來寫。而「大都市裡，各省人用來互相談話演講說書的普通話，才是真正的中國話，，也就是「新興階級的普通話」，而非「官僚的所謂國語」。

這樣，瞿秋白的論點不僅關係到對五四新文學的評價，而且主要圍繞著文學的語言問題展開。茅盾首先不同意第一點，認為「大眾文藝既是文藝，所以在讀得出聽得懂的起碼條件外，還有一個主要條件，就是必須能夠使聽者或讀者感動」。舊小說之所以能接近大眾，不在「文字本身」，即讀得出聽得懂，而在於能用描寫技術去描寫人物的動作、境遇和性格。所以創造革命的大眾文藝，技術是主，文字是末。而當時的革命文藝不受歡迎，語言本身不能獨負其罪，主要還是沒有藝術性。其次，他認為瞿秋白所謂的「新文言」，其實只要是讀過幾年新式小學的人，還是能夠接受的，而且採用這種語言的作品已經有了。而如果這些人輟學不讀，又沒有閱讀舊小說和聽說書的經驗，其中的所謂「白話」反而較「新文言」難懂。

至於瞿秋白所說的「現代中國的普通話」，茅盾認為在當時還並不存在。茅盾為此還親自在上海的工人中作了語言調查，他調查了四種工人，即鐵廠工人，印刷工人，紡織工人和碼頭工人。調查發現，這些工人中包括了來自江、浙、魯、閩、粵、津、皖、湘、鄂等各省市，他們中間至少流行著三種「普通話」，而它們的趨勢都是「上海土白化」，所以茅盾認為，在「現代中國的普通話」還沒有出現之前，只能採用以方言為基礎的語言來寫作，即要以現有的新文學語言為基礎而作大眾化的努力。這在現代中國普通話還沒有確立並推廣的 30 年代，茅盾的觀點還是比較符合實際的，而堅持文學本身的

特性和漸進的大眾化的態度，也與魯迅的觀點較爲一致。茅盾的這一番調查工夫，也使他更進一步了解了這個他生活了十幾年的現代都市的狀況。茅盾與上海文化的關係在此也可見一斑。

從茅盾與瞿秋白的爭論中可以看到，他們在左翼文學運動中推進文藝大眾化的大前提是共同的，因爲這也是茅盾的文學觀念中強調文學的社會功能的一種體現和一個重要的方面。但作爲一個批評家，茅盾在文學觀念上與瞿秋白也存在著明顯的差異。在茅盾的這篇文章發表後，瞿秋白又寫了答辯文章《再論大眾文藝答止敬》，發表在《文學月報》第三期上。但這一次茅盾沒有發文爭辯，因爲他發現，兩人的爭論在另外一個前提上存在著差異，也就是對大眾文藝的理解不同。大眾文藝歸根結底是大眾自己創作的文藝呢，還是作家們創作的被大眾所接受的文藝？在這一點上，茅盾傾向於後者。這種基於政治和藝術的不同立場來看待文學的爭論，在新文學史以後的文學進程中還會一再出現。當然，茅盾與瞿秋白之間的爭論完全是學理層面上的，爭論沒有妨礙，相反加深了兩人間的友誼。事實上不僅在許多理論問題上茅盾曾受瞿秋白的影響，而且在具體的創作上，他也聽取了瞿秋白的許多意見，這在有關《子夜》的創作中還要提及。而在左聯時期最能體現茅盾作爲一個批評家的個性和成就的，就是他對一系列新文學作家的具體創作的評論。

四

在 20 年代末到 30 年代上半期，茅盾先後發表了八篇作家論，所評論的作家包括魯迅、王魯彥、葉聖陶、徐志摩、丁玲、盧隱、冰心、落華生，最早的一篇是《王魯彥論》，寫於 1927 年 10 月上旬（發表時間則晚於《魯迅論》），而後五篇則都寫於左聯時期。茅盾這八篇作家論的寫作，一開始是有統一設想的，那就是想比較系統地評述一批在五四時期（最遲的是 20 年代末）成名的最有影響的新文學作家，總結和發揚五四新文學的現實主義傳統。

20 年代末的「革命文學」論爭，直接促成了茅盾的這些作家論的寫作，最初的三篇論文，還直接參與了「革命文學」的論爭。當時，創造社、太陽社的一些作家在俄、日無產階級文學運動中的左傾思潮的影響下，對文學的階級性作片面、狹隘和極端化的理解，爲急於營建無產階級新文學，而錯誤地徹底抛棄文學遺產，以政治批評完全代替文學批評，對那些他們認爲已經

落伍的「同路人」作家大張撻伐，以惟我獨尊的態度傲視整個文壇。在當時的「革命文學」陣營普遍流行著這樣的觀點，以為過去（特別是指五四以來）的文學作品都是屬於資產階級和小資產階級的文藝，甚至將魯迅、茅盾、葉聖陶、郁達夫等重要作家，統統視作「非驢非馬」的「發揮小資產階級惡劣的劣根性」的落伍作家，聲稱要「打發他們一道去」。如前所述，茅盾的《幻滅》等三部中篇小說發表後，也立即遭到一些「革命文學」倡導者的批判，被指責為「只有悲觀，只有幻滅，只有死亡而已」，認為其「所表現的傾向當然是消極的投降大地主大資產階級的人物的傾向」。茅盾雖然也支持建立新型的無產階級文學，但他不同意對新文學作家的這種粗暴的批評，他認為從五四過來的所謂「舊作家」並不是什麼「同路人」，他們所開拓的現實主義道路是可以和新型的「革命文學」銜接的，他們創作經驗的得失也是值得「革命文學」繼承與借鑒的，「革命文學」不能憑空產生，它沒有理由割斷和拋棄五四現實主義傳統，而應當繼承和發展這一傳統（這些觀點後來在《「五四」運動的檢討》等論文中有正面闡述，見上節）。正是出於這種考慮，茅盾從 1927 年底開始，系統地研究了一批被「革命文學」倡導者們視為「舊作家」或小資產階級作家的創作，寫了一系列的作家論。茅盾的意圖是，通過對這些作家作品的具體論述，去總結五四新文學的傳統，批評與糾正「革命文學」倡導者否定和割斷新文學傳統的錯誤主張，以尋找新文學更切實的發展之路。

不過，這八篇作家論的寫作前後跨越了約七年時間，期間正是左翼文壇變化頻繁，文藝思潮起伏不定的時期，茅盾的這些批評文章，也難免不受到思潮變遷的影響，他的初始意圖也並沒有始終如一地得以貫穿。最早寫的《王魯彥論》、《魯迅論》以及《讀〈倪煥之〉》，顯然更多地帶有總結五四新文學的現實主義經驗的意思，同時也帶有為自己正在寫作的小說作品作辯解的意味，當下的創作體驗和理性的文學觀念交互作用，使他比較尊重作家創作的選擇和特殊的藝術追求，也較注意審美評判。文章的重心雖然落在題材與思想價值的分析上，但也並不苛求作家，一定要在作品中發現積極的「中心思想」，認為重要的是要表達出某些藝術的感覺（如《王魯彥論》）。這時，茅盾的批評態度是比較寬容和切實的。但到 1933 年前後寫《徐志摩論》、《盧隱論》、《冰心論》時，情況就有所不同了，雖然如上所述，他對左聯內部的左傾機械論的文學觀念也持批評態度（如為丁玲作品所作的辯護），但仍明顯

地受到「唯物辯證法創作方法」的觀念影響，對作家作品的評價就帶有某些左傾機械論的味道。在《徐志摩論》中，茅盾所採用的以作者的階級立場來概括和評判作品傾向及藝術成就的方法，就顯得有些大而無當甚至機械僵硬，他在分析徐志摩後期創作衰落的原因時，就不同意詩人的「生活的平凡」的自述，認爲大革命中的生活是不會平凡的，因此徐志摩詩思的枯窘根本上在於他不能和不願了解大變動中的生活。這樣的分析只著眼於時代背景和作家的政治立場，而幾乎全然不顧作家的具體生活經驗以及創作的心態性情。從大處看是觀點鮮明，不無道理，但仔細想來卻又顯得粗疏生硬，沒有充足的說服力。這可能與當時左翼文學戰線正在批判「新月派」也有關係，雖然茅盾在這樣的背景下去評論徐志摩，本身就表明對詩人成就的一種肯定，而與另外那些「純粹」的「革命文學」論者不同。到 1934 年，中國左翼文壇已經開始批判和清算蘇聯「拉普」等左傾思想的影響，茅盾因此也稍稍地轉變了自己原先較爲機械的批評方法和角度，放手發揮其敏銳的藝術感覺和批評的才華，所以《落華生論》就顯得見解深刻而不呆板，可以說是諸篇作家論中最有批評識力的一篇。

茅盾的這些作家論所體現的另一方面的成就，就是摸索形成了「作家論」的批評文體，並相應形成了比較穩定的批評方法和批評角度，即按照時代要求──作家立場──作品傾向這三者之間的關係，先以階級分析的方法確定作家的寫作立場，然後以此作爲考察作品思想傾向和社會價值的依據，最終又將作品作爲社會現象，以其和時代要求間的距離來判斷其成功與否和大小。茅盾的這些作家論，在 30 年代的社會──歷史批評流派的形成過程中，起過典範性的影響。當然他的這種批評方法和角度也體現了茅盾文學觀念的某些局限性。導致這一局限性的原因，除了左傾文學思潮的外在影響以外，其觀念內部的政治功利和藝術審美的矛盾性也是一個重要因素。

茅盾這一階段除了評價那些五四時期成名的重要作家外，還十分重視發現和培養青年作者，用評論的方式推薦、獎掖和指導新起的青年作家。夏征農的《禾場上》，李輝英的《萬寶山》，何谷天的《雪地》，葉紫的《豐收》，張天翼的《蜜蜂》，吳組緗的《一千八百擔》、《樊家鋪》，彭家煌的《喜訊》，曹禺的《日出》，臧克家的《烙印》等等，都曾得到茅盾的懇評和推薦。茅盾的這一工作作風和熱情，幾乎貫穿了他的整個批評生涯。

第九章　都市子夜的畫卷

一

　　1930 年夏秋之際，茅盾被多種疾病糾纏著，眼病、胃病、神經衰弱併作，讀書作文都被迫停止。醫生囑他多多休息。他閒著無事，就常去慕爾鳴路他的盧表叔（盧學溥，時任交通銀行董事長）的公館去，和正在做寓公的表叔聊天。盧公館裡的常客中，有開工廠的，有銀行家，有公務員，有商人，有政客，也有證券交易所裡的金融投資商。在盧公館的閒談中，茅盾從這些當時社會的上層人物中間，進一步看清了中國社會的現實。

　　當時，蔣介石與馮玉祥、閻錫山在津浦線一線開戰，而世界經濟危機又波及到了上海。中國民族工業在外國資本主義經濟的壓迫和農村動亂、經濟破產的影響下，正面臨絕境。而一些投機商人則與軍閥暗送秋波，從中漁利。就在盧公館，茅盾曾聽說了這樣的事：做公債投機的人曾以 30 萬元買通馮玉祥部隊在津浦線上北退 30 里，以此來操縱公債的升跌。

　　同時，茅盾又經常從另一批朋友那裡，得知南方各省的蘇維埃紅色政權正在蓬勃發展。中國工農紅軍粉碎了蔣介石的多次軍事圍剿，聲威日增。這兩方面的見聞，就使茅盾產生了積累材料的想法，以便寫一部「白色的都市和赤色的農村的交響曲的小說」。

　　另外，這一年夏秋之交，中國的政治界和學術界正在展開關於中國現代社會性質問題的討論。論戰者提出了三種論點：一是認為中國社會依舊是半封建半殖民地社會，推翻代表帝國主義、封建勢力、官僚買辦資產階級的蔣介石政權，是當前革命的任務，領導這一革命運動的是無產階級。這是

－103－

馬克思主義者的觀點。另一種觀點則認為，大革命失敗後國民黨建立的反動政權是資產階級民主革命勝利的標誌，無產階級只能進行合法鬥爭，等將來條件成熟時，再去搞所謂的社會主義革命。這是托派所持的觀點。第三種觀點認為中國的民族資產階級可以在既反對共產黨，又反對帝國主義和官僚買辦階級的夾縫中求得生存和發展，最終建立歐美式的資產階級民主政權。這是一些資產階級學者的觀點。這一場論戰也促使茅盾進一步思考中國的出路問題，並試圖以藝術形象的展示來表達自己的看法，參加這一場討論。他想通過一部「大規模地描寫中國社會現象」的小說，用形象的方式回答托派和資產階級學者：「中國沒有走向資本主義發展的道路，中國在帝國主義、封建勢力和官僚買辦階級的壓迫下，是更加半殖民地半封建化了。」

這是茅盾的著名長篇小說醞釀最初的直接動因。而從 1930 年夏秋之際起到 1931 年 10 月份動筆，再到 1932 年 12 月 5 日脫稿，茅盾對於小說描寫的內容有過幾次重要的改變。

茅盾最初設想的這部都市——農村交響曲將分成城市與農村兩大部分。都市部分擬寫三部曲，並寫成了《棉紗》、《證券》、《標金》這三部曲的初步提綱，設計了主要人物和基本情節。但又覺得這樣的設計不理想，都市有三部曲，相應的農村部分是否也要寫三部曲呢？又怎樣和都市三部曲相配合呢？茅盾覺得沒有把握處理好，於是就暫時將這一計畫擱下了，想先寫完另一部作品《路》以後再說。

但中篇小說《路》剛寫了幾章，茅盾的眼病復發了，而且比上次更嚴重，於是他只好暫時放下筆來，先看眼病。後經過三個月的治療和休養，才基本康復。

而這三個月的時間裡，茅盾雖不能用眼，腦子裡卻終日被這部「交響曲」盤踞著。經過反覆考慮，他決定改變原來的計畫，不寫三部曲而只寫一部以城市為中心的長篇小說。同時，他又利用這三個月的時間，作了許多調查訪問工作。

他重又訪問了從前在盧公館裡遇到，並曾和他們長談過的同鄉親戚故舊。從與他們的談話中，茅盾了解了那時候上海的絲廠和火柴廠等輕工企業在與外資企業的競爭中紛紛倒閉的事實，使他決計在未來的小說裡寫絲廠與火柴廠的遭遇命運，並對主人公的基本性格特徵也有了初步的設想。

　　另外，茅盾還通過一個在上海華商證券交易所的舊友，設法打通看管甚嚴的門禁，進入交易大廳，親自觀察交易過程中各式人物的神態舉止和心理變化。不知底細的人，總以爲這個三十多歲，文質彬彬的中年人，是一位買賣公債的商人或者代理呢。

　　在進行廣泛調查的同時，茅盾又漸漸醞釀了一個新的提要和簡單的提綱，並按提綱寫出了若干冊的分章大綱。這個計畫仍是雄心勃勃的，它雖然已不再是城市——農村的交響曲，卻仍想使「一九三〇年動盪的中國得一全面的表現」。但當茅盾準備動筆時，還是感到規模太大，「非一二年時間的詳細調查，有些描寫便無從下手」。尤其是「關於軍事行動的描寫，即使作了調查也未必寫好，因爲我沒有在部隊中工作（即使是政治工作）的經驗」。於是再次考慮縮小計畫。

　　1931 年 4 月下旬，茅盾帶著已寫好的開頭三四章草稿和整個寫作大綱，和孔德沚一起去看望瞿秋白。那是一個星期日的下午，瞿秋白因肺病復發，正在家休息。瞿秋白邊看原稿，邊對這幾章及整個大綱提出了意見。瞿秋白指出，寫農民暴動應該提到土地革命；寫工人罷工應突出工人的自發性；他還給茅盾介紹了蘇區及紅軍的發展情形，並解釋黨的政策的成敗得失。這些情況正是茅盾很希望了解的，不知不覺間已到了點燈時分。楊之華擺上飯菜，要他們吃過飯再談。不料剛吃過飯，瞿秋白就接到地下黨的通知：娘家有事，速去。這是黨的機關被破壞，秋白夫婦必須馬上轉移的暗號。可是倉促之間往哪裡轉移呢？茅盾就邀瞿秋白夫婦去自己家裡。這樣，瞿秋白便在茅盾寓所（愚園路樹德里）住了十多天。

　　在這十幾天裡，兩人幾乎天天談論《子夜》的創作。瞿秋白提了許多意見。如，按茅盾原來的構思，吳蓀甫與趙伯韜的鬥爭結局是握手言和，後來經瞿秋白的建議改成一勝一敗，這樣更能強烈地突出工業資本家鬥不過金融買辦資本家，從而說明中國民族資產階級的沒有出路。又如，瞿秋白細心地發現，原稿中吳蓀甫坐的汽車是福特牌，但瞿認爲像吳蓀甫這樣的大資本家應當坐更高級的汽車，建議改爲雪鐵龍牌；又說大資本家在憤怒絕頂而又絕望時就要破壞什麼乃至獸性發作，於是茅盾就設計了第十四章吳蓀甫強奸王媽的情節；但關於農民暴動和紅軍的活動，茅盾沒有按照瞿秋白的意見寫下去，他覺得沒有直接的生活體驗，僅憑耳聞材料是寫不好的。

　　經過與瞿秋白的切磋交談，茅盾重新改寫了分章大綱，把原來的描寫計畫再次縮小，決定只正面描寫都市，而不再正面寫農村了。

　　茅盾正要按這個新擬的大綱繼續動筆時，馮雪峰來找他，動員他擔任下半年的左聯行政書記。因為要忙於左聯的行政工作，所以只得將寫作暫時擱下。直到 10 月份時，茅盾覺得再也不能往下拖了，便找馮雪峰辭去左聯行政書記之職，好坐下來一心寫這部長篇小說。馮雪峰很能理解茅盾的想法，但左聯的工作也很重要，因此沒有批准茅盾的辭職請求，只同意他請一次長假，這樣左聯的一些重要會議仍要茅盾來參加。茅盾也就答應了，從而繼續開始寫作。

　　不幾天，馮雪峰又來找茅盾說，你既然請了假，交了差，我們也應該把左聯的工作向魯迅作一番交代。於是約定一個下午去拜見魯迅。

　　這天，他們剛剛跨進魯迅家門，魯迅就笑著迎上來說：「你們來得正好！今天有大閘蟹，你們就留下吃蟹罷。等一會兒三弟也要來。」

　　他們倆一聽有大閘蟹，而且是陽澄湖出產的，平時不常吃到，也就不再推讓了。於是一邊等周建人，一邊就聊開了。

　　魯迅問馮雪峰：「老蔣八九月份在江西又吃了個敗仗後，現在有什麼動靜？」

　　雪峰說：「今年老蔣對中央蘇區接連發動了三次圍攻，都敗得很慘，看來今冬不會再有行動了，明年春天會有大戰。」

　　魯迅笑道：「他們在報紙上天天大喊朱毛如何如何，看來朱毛真把他們嚇壞了！」又轉而問茅盾：「朱德、毛澤東你認識嗎？我只知南昌暴動有朱德，其他的很不了解。」

　　茅盾答道：「朱德我也未見過面，只知道他是四川人，軍人出身，能打仗。毛澤東倒知道一點，『五卅』運動前就認識了，二六年春還在廣州與他共過事，他是代理汪精衛做宣傳部長，我是他的秘書。他稱病去考察湖南農民運動時，我還做過他的代理呢。毛澤東是共產黨裡的大學問家，博聞強記，談笑風生；他的夫人楊開慧卻相反，是個賢淑靦腆之人，整天不聲不響，帶著兩個孩子。」

　　「過去只聽說毛澤東是搞農民運動的，想不到還是個學者，而且已有了家眷，不知他有多大歲數了？」魯迅笑著問茅盾。

　　「大概比我大兩三歲吧。在廣州時，他給我的印象是個白面書生，誰料到現在竟然能指揮千軍萬馬！」

　　三人一起大笑。接著話題轉到左聯的工作，以及茅盾請長假準備寫長篇小說的事。魯迅十分贊同茅盾的做法：

「在夏天就聽說你有一個規模龐大的長篇小說要寫了。現在的左翼文藝，只靠發宣言是嚇不倒敵人的，要靠我們的作家寫出點實實在在的東西來。」

這時候周建人也到了。許廣平端出了螃蟹，請大家圍桌而坐。她自己則拿了一隻蟹，到一旁替海嬰剝肉去了。這次拜訪魯迅之後，茅盾便全身心地投入了這部小說的寫作。

《子夜》的書名，在構思和寫作過程中也有幾次變化。最初想到三個名字：夕陽，燎原，野火。小說寫好一半後，應《小說月報》主編鄭振鐸的要求，於 1932 年 1 月起連載，茅盾決定題為《夕陽》。以「夕陽無限好，只是近黃昏」，借喻蔣政權已是近黃昏，走下坡路了。署名為逃墨館主，用意「無非一時的好奇，讓人家猜猜：自有新文學運動以來，從沒有寫過的企業家和交易所等，現在有人寫了，這人是誰呢？孟子說過，天下之人，不歸於陽，則歸於墨。陽即陽朱，先秦諸子的一派，主張『為我』。……我用『逃墨館主』，不是說要信仰陽朱的為我學說，而是用了陽字下的朱字，朱者赤也，表示我是傾向於赤化的。」

不料突然發生了「一・二八」上海戰爭，商務印書館總廠被日本人的炮火所毀，茅盾的那份稿子也被毀了，幸而被毀的稿子是孔德沚抄的副本，自己還留有原稿。《小說月報》停刊，連載計畫自然取消。於是乃決定全書寫完後出單行本。到 1932 年 12 月 5 日，小說全部完稿。1933 年 1 月上海開明書店出版單行本時，題名為「子夜」，署名仍用「茅盾」。書名及署名均系葉聖陶題簽。在內封則將英文「The Twilight: A Romance of China in 1930」（意即黃昏：1930 年發生在中國的故事）連續重複排印成一長方形作為襯底，再印上書名及署名，別具一格。在單行本出版前，其中的第二章和第四章曾分別以《火山上》、《騷動》為題，刊載於左聯刊物《文學月報》創刊號和第二期上。

二

35 萬字的《子夜》終於問世了。從《棉紗》、《證券》、《標金》到《夕陽》，再到《子夜》，茅盾先後經過一年的構思和一年多的埋頭寫作。在構思與寫作過程中，他一再改變計畫，作品所描繪的生活面一再縮小，但作品試圖反映的社會矛盾和鬥爭卻是多方面的，複雜的，作者所要表現的主題思想

始終只是一個，即通過藝術形象，大規模地反映 1930 年那一時期的中國社會現象，一方面回答托派：中國的資本主義道路行不通，在帝國主義的壓迫下，中國更加殖民地化了；一方面則以 1930 年的上海作爲小說正面敘述的中心，展現當時中國革命的歷史特點，暗示中國革命正處在一個新的高潮面前。作者將小說題名爲《子夜》，意在顯示中國將經過子夜時的黑暗而走向黎明。

《子夜》的全部故事都是圍繞著資本家吳蓀甫爲了發展民族工業而進行鬥爭這條主線展開的。在這條主線上，作家描寫了民族資產階級與買辦資產階級的聯合和鬥爭；民族資產階級內部的聯合和鬥爭；資本家與工人的矛盾鬥爭；公債市場上的投機活動；工人的罷工和農民的武裝暴動等等生活場景。在這些情節線索和生活場景中，茅盾塑造了吳蓀甫、趙伯韜等典型形象，尤其是吳蓀甫形象的塑造成功，使得《子夜》在中國現代文學史上確立了其不可替代的地位。

茅盾是將吳蓀甫作爲一個出身於世家的「20 世紀機械工業時代的英雄騎士和王子」來塑造的。作爲裕華絲廠的老闆，他是一個有著 18 世紀法國資產階級性格的人。他有手腕，有魄力，善用人；有比較雄厚的資金，去過歐美，有一套比較進步的經營管理方式；他更富有冒險精神和發展民族工業的宏大志願。他不僅要使自己工廠的產品走遍全中國的窮鄉僻壤，而且要使中國人自己的「輪船在乘風破浪，汽車在駛過原野」，使「高大的煙囪如林，在吐著黑煙」。對於自己，他從來不肯妄自菲薄，對那些比他弱的同行，他就毫不猶豫地將他們打倒。茅盾成功地揭示了吳蓀甫作爲一個民族資本家在特定時代關係中的階級和社會特性，即既不滿於蔣介石新軍閥的統治和帝國主義的經濟侵略，具有革命性的一面；同時又反對和鎮壓工人和農民運動；惟利是圖，甚至在內戰的炮火中混水摸魚，爲了利益可以和帝國主義及封建勢力相互聯合相互利用。另一方面，茅盾又通過具體的生活場景和社會關係，形象地刻畫了吳蓀甫的獨特個性：既精明強幹、剛愎自用、巧於計謀、不擇手段；而又常常顯得暴躁、沮喪，他那種彷彿等待判決似的緊張，那種對失敗的不由自主的預感，那種承受不住重負的虛弱，那種竭力要振作自己的掙扎，都顯得真實可信。

小說的基本情節構架，就是敘述吳蓀甫爲了實現他的英雄夢想，以全部精力在三種矛盾關係中奮鬥、掙扎而終於失敗的過程。吳蓀甫的悲劇既是歷

史的悲劇，也是他的個人命運和性格的悲劇，而對茅盾來說，則特別強調其作爲一個民族資本家在 30 年代初的帝國主義和封建主義的夾擊下必然失敗的歷史悲劇。

《子夜》以當時廣泛的中國社會作背景，用豐富而強烈的色彩，描繪了一幅十里洋場眾生相的畫卷。它動用了茅盾自 1916 年以來在上海的各方面的生活閱歷和感受，並以這次寫作爲推動，進一步觀察和研究了當時上海的政治、經濟和日常生活現實，然後以他特有的方式加以勾勒描繪。在這一畫卷中活動的人物共有八九十個，除了中心人物吳蓀甫之外，茅盾還程度不同地刻畫了買辦金融資本家趙伯韜，作爲吳蓀甫合作者的其他民族資本家如杜竹齋、孫吉人、王和甫、周仲偉、朱吟秋、陳君宜等，另外還有政客、軍官、經紀人、封建地主、文人、工人和共產黨的地下工作者等，通過這些人物與吳蓀甫之間的直接或間接的聯繫和對立衝突，不僅深化了作品的主題，也充分展現了上海這個畸形都市的眾生相。

三

1932 年 2 月 4 日，茅盾從開明書店一拿到《子夜》初版樣書，就與孔德沚一起，帶上兒子，來到北四川路底的魯迅公寓。

自上次與馮雪峰一起拜見魯迅以後，魯迅曾多次關心《子夜》的寫作進展。現在《子夜》終於出版了，茅盾第一個想到的便是去告訴魯迅。

魯迅高興地拿起樣書，這是一冊平裝版書，見扉頁上是空白，便鄭重地請茅盾簽名留念。他將茅盾拉到書桌旁，打開硯臺，遞上毛筆。茅盾說：這一本是給您隨便翻翻的，還請您多提意見。魯迅則說：不，這一本我是要保存起來不看的，我要看，另外再去買一本。於是茅盾便在扉頁上題字：

魯迅先生指正茅盾一九三三年二月四日。

茅盾在之前沒有贈書題字簽名的習慣，此後，凡贈人書，就都簽名了。魯迅還讓茅盾參觀了他專門收藏別人贈書的書櫃。原來凡別人贈書，魯迅總是鄭重地請人簽名，並仔細地收藏起來，有的還包上了書皮。然後，他們兩家便分成三處活動：魯迅與茅盾在書房裡談話；孔德沚與許廣平在一處聊起了家常；而小海嬰則與茅盾的兒子阿桑在「遊藝室」玩積木。

這一天魯迅在日記裡有這樣的記述：「茅盾及其夫人攜孩子來，並見贈《子夜》一本，橙子一匡，報以積木一盒，兒童繪本二本，餅及糖各一包。」

　　魯迅對《子夜》的出版十分重視，他在致友人的信中說道：「國內文壇除我們仍受壓迫及反對者趨勢活動外，亦無甚新局。但我們這面，亦頗有新作家出現；茅盾作一小說曰《子夜》，計三十餘萬字，是他們所不能及的。」（致曹靖華）

　　瞿秋白連續發表了《〈子夜〉與國貨年》、《讀〈子夜〉》兩文，對該書作了熱情的肯定，稱《子夜》是自文學革命後第一部表現社會的長篇小說，認為如從「文學是時代的反映」上看來，它的確是中國文壇上的新收穫，是值得誇耀的一件事。此外，吳組緗、趙家璧、韓侍桁、朱自清等新文學成員都紛紛著文，對《子夜》給予很高的評價，當然也從各自的角度，指出了一些不足之處。就連曾反對過新文學的學衡派主將吳宓，也用「雲」的筆名發表評論文章，稱「吾人所為最激賞此書者，第一，此書乃作者著作中結構最佳之書。第二，此書寫人物之典型性與個性皆極軒豁，而環境之配置亦殊入妙」。而它的文字則「筆勢具如火如荼之美，酣恣噴薄，不可控搏。而其微細處復能婉委多姿，殊為難能可貴。尤可愛者，茅盾君之文學係一種可讀可聽近於口語之文字」。茅盾晚年談及此篇評論時感慨道：「吳宓還是吳宓，他評小說只從技巧著眼……但在《子夜》出版半年內，評者極多，雖有亦涉及技巧者，都不如吳宓之能體會作者的匠心。」吳宓能對新文學作品作如此肯評，也許說明所謂「學衡派」並非鐵板一塊地「復古」，但同時也更可見茅盾《子夜》的成功。

　　從新文學的發展歷史來看，《子夜》的意義確實是重大的。

　　首先，它是 20 年代末以來左翼文學創作的最高成就。自「革命文學」倡導以來，許多初步了解馬克思主義的左翼作家，雖有革命熱情，但因左傾政治和「拉普」文藝思潮的影響，同時又缺乏藝術素養和生活經歷與體驗，輕視創作的現象和作品中的公式化、概念化傾向十分嚴重。新月派的理論家梁實秋否定無產階級革命文學，也正是看準了左翼文學在當時的明顯弱點，他說：「我們不要看廣告，我們要看貨色。」蘇汶更是說左翼作家中，「左而不作」者「何其多也」！而《子夜》的問世，則真正顯示了左翼文學的實績。

　　其次，茅盾的《子夜》以其特有的方式，開創了新文學都市題材文學的先河。茅盾從創作一開始，就開始將注意力集中在現代都市生活以及都市中富於敏感的青年知識份子的內心體驗；在左聯時期，茅盾更著眼於表現動盪

的社會全局和他的發展趨向，因而也必然會重視在大工業和新思潮衝擊下的、急驟變化著的半殖民地半封建的現代都市生活。在《子夜》問世之前，同樣關注和反映都市生活的有巴金和老舍兩位作家，但他們擁有各自的特點，老舍關心的是半殖民化過程中京都市民階層的命運；巴金主要刻畫都市中不同類型的青年知識份子形象；而茅盾則主要提供舊上海的民族資本家和城市「時代女性」的形象，《子夜》正是作者在《蝕》、《虹》之後的另一種人物形象系列和都市生活場景的開拓。

再次，《子夜》是新文學發展史上現代長篇小說發展趨於成熟的一個標誌。長篇小說是茅盾最喜歡和最擅長的文學形式，這與他從來就注意反映時代精神、反映社會的全局和發展、反映社會的尖銳矛盾和重大題材有關。而這也正是《子夜》在題材的選擇和主題挖掘上的特點，即富於時代意義的史詩性質，這也是茅盾初期創作的發展和繼續。這種涵蓋整個時代發展變遷的史詩性追求，也在新文學發展史上開創了一種新的傳統，後來出現的《太陽照在桑乾河上》（丁玲）、《暴風驟雨》（周立波），直至當代長篇小說《創業史》、《青春之歌》等，都是這種傳統的延續；而《上海的早晨》（周而復）則更是對《子夜》的直接師承。

《子夜》問世後，不僅為文藝界所重視，同時也擁有大量的讀者。書一出版，讀者就爭相購買，北平某書店竟在一天內售出一百多部。初版 3000 部很快售罄，之後的三個月內重版四次，每次為 5000 部，這在出版界是少見的。儘管小說的題材有些枯燥，青年學生們還是十分喜歡，還有的讀者組織專門的「子夜會」進行學習討論；至於經濟學家錢俊瑞在他的著作中向讀者推薦《子夜》，認為它對於研究中國經濟形態有積極的參考價值，這雖然已不是以文學審美的眼光來看待《子夜》，亦可從中看出該書的影響之廣泛。

不僅如此，就是向來很少看新文學作品的資本家的少奶奶、大小姐們，也都爭著要看《子夜》，因為書中描寫到她們了。可見《子夜》不僅受原有的新文學讀者歡迎，同時也大大地擴大了讀者對象，當然也招來了國民黨政府書刊檢查機關的查禁。但即便是「檢查官」們也不得不承認：「二十萬言長篇創作，描寫帝國主義以重量資本操縱我國金融之情形……。」不過真正成功的作品，查禁和刪改是無法割斷它與讀者的聯繫的。從 1934 年第 5 版起，《子夜》只能以被刪改的面目見諸於世了，但不久後，巴黎的一家由進步華僑辦的「救國出版社」卻全部翻印了《子夜》一書，並在海內外繼續流行。

　　1932 年間，就在茅盾寫作《子夜》的同時，他還創作了《林家鋪子》、《春蠶》等以小市鎮和農村生活爲題材的中短篇小說。從某種角度說，這也是構思和創作《子夜》的「副產品」。如前所述，茅盾最初構思《子夜》時，原來在總體構思「都市──農村交響曲」裡是包括一個農村三部曲的，所以就有意識地搜集了一些農村素材。這一年他曾兩次回烏鎮老家，對農村的最新變化，特別是「豐收成災」的怪現象感觸很深，之後就寫下了包括「農村三部曲」在內的一系列中短篇小說。塑造了林老闆、老通寶、多多頭等村鎮人物形象，這便是茅盾小說創作所塑造的第三種人物形象系列。這些作品和史詩式的《子夜》一樣，從不同的側面共同勾勒了 30 年代初期，在帝國主義的經濟侵略和腐敗政府的橫徵暴斂的雙重壓迫下，長江三角洲的整個經濟都瀕於破產的邊緣的現實。

第十章　與魯迅並肩戰鬥

　　從茅盾在整個 30 年代的文學活動看，自 1932 年底到 1933 年初，意味著他的某種轉折：即他的主要精力和興趣，開始從文學作品（主要是小說）的創作轉向文學批評、文學書刊的編輯和社會評論（雜文）的寫作。這一工作重心的轉移，當然首先包含了個人選擇的因素。從這個意義上說，這一轉折的因子早在 20 年代末就已經潛伏著了。從《蝕》三部曲的側重於對大變革時代個體情感體驗的生動細悉的描述，到《子夜》對社會現狀及其未來發展的清晰而宏觀的形象演示，同樣在文學為人生的旗幟之下，實則隱含了文學觀念和創作方法的重要變化。但從根本上說，這一轉折的出現又是個人選擇與外在環境因素共同作用的結果。嚴峻的社會現實環境的逼迫，使茅盾不得不暫時將以文學形象描繪和評判現實的方式擱置起來，徑直以理性的文字評判和抨擊現實。而就影響而言，茅盾在 30 年代中後期的文學活動，同樣對中國新文學尤其是左翼文學的發展起著十分重要的作用。

　　1932 年 12 月 5 日，歷時一年（構思當然要更早些）的《子夜》寫作終於殺青了。當茅盾寫完書稿的最後一個字時，禁不住長長地鬆了一口氣。一部三十多萬字的長篇小說的創作，不僅需要作者具有深厚的生活體驗和深刻的思想觀念，需要有藝術形式上相當豐富、系統的積累，而且寫作過程本身就是對作家的精力和耐久性的一場曠日持久的考驗。與茅盾的生活經歷和藝術觀念有關，他比較鍾愛長篇小說的藝術樣式。在完成《子夜》的最後寫作不久，他便又萌生了創作下一部長篇作品的念頭。但事實上這部作品在隨後的

幾年裡終於沒有脫胎而出。在創作方面，除了《秋收》、《殘冬》等幾個短篇外，就是大量的雜文與速寫了。而作爲著名的左翼文學批評家，如前所述，茅盾在 1933、1934 年間集中撰寫了一系列的現代作家評論，從而進一步確立了他的特有的批評風格，這是他在這一時期突出的文學成就之一；此外的重要工作就是《文學》、《譯文》等文學雜誌的創辦和編輯了。

　　30 年代上海的政治、文化專制的日益加劇，國民黨政府文化圍剿的愈演愈烈，是導致茅盾文學活動轉折的時代和環境因素。自 30 年代初以來，左翼文化和文藝組織就是在與國民黨政府的政治和文化禁錮的抗爭中成長和發展起來的。茅盾的《子夜》及《農村三部曲》等作品的問世，正是以文學創作的實績，糾正了左翼文藝活動在指導思想上的宗派主義與輕視文學創作的錯誤，推進了左翼文藝的發展。與此同時，國民黨當局對進步文化和文藝事業的控制和扼殺則從來沒有停止過，而且日益趨於赤裸裸的血腥暴力。1931 年春，左聯五烈士被槍殺於龍華；1933 年 5 月 14 日，作家丁玲、潘梓平在上海租界突遭綁架而失蹤，詩人應修人在拒捕時犧牲；6 月 18 日，中國民權保障同盟總幹事楊杏佛被國民黨藍衣社特務殺害。至此，國民黨政府對進步文化的暴力專政已近於登峰造極，一時傳言魯迅、茅盾、胡愈之等左翼文化人士都上了暗殺黑名單。正是在這愈益濃重的白色恐怖中，茅盾與左翼文藝的旗手魯迅一起，一方面以筆爲槍，自 1932 年底至 1934 年底，共同撰文主持了《申報·自由談》，對反動當局的暴行予以揭露和抗議，或者以「談風月」爲由，曲折地表達對專制統治的抗爭。另一方面，茅盾又積極地從事文學和文化的建設事業。他參與並投入大量精力的《文學》、《譯文》雜誌，爲 30 年代的中國新文學事業作出了重大貢獻，尤其是先後持續了四年多的《文學》雜誌，成爲 30 年代上海大型文藝刊物中壽命最長，影響最大的一個刊物。而在這一系列文化活動中，茅盾始終與魯迅密切配合，協調作戰，並建立了深厚的友誼。

二

　　1932 年 11 月，茅盾獲悉《申報》的副刊《自由談》要改革了，十分興奮。《申報》是當時中國的第一大報，它發行量大，社會影響廣泛。《自由談》原也是鴛鴦蝴蝶派文人的一個陣地，它的改革和十年前由茅盾親自主持的《小說月報》的革新一樣，都是五四新文化進一步發展和鞏固的重大標誌。而從

某種意義上說，《申報・自由談》的改革所產生的社會效果也要更大一些。《自由談》雖說只是《申報》的一個副刊，每期篇幅有限，但它卻天天與讀者見面，而《申報》不但在國內是上流人士和小市民的案頭必備之物，而且在南洋華僑中亦十分流行；《小說月報》革新版發行量最多時也不過一萬多一點，讀者只局限在文壇圈內人士及一些新文學愛好者中間；而《申報》每天的發行量要高達十幾萬份。因此，《自由談》的改革在當時的讀者中轟動一時，使其成為 30 年代中國最有影響的副刊之一。

　　報紙的老闆史量才決意改革這一副刊，並聘請了剛從法國留學歸來的黎烈文擔任主編。黎烈文剛一上任，便約請郁達夫、張資平、葉聖陶、施蟄存等一大批新文學作家寫稿，顯示了寬闊的胸襟和相容並包的風度，超越了門戶之見，大大擴展了作者隊伍。不久，茅盾也收到了黎烈文由開明書店轉來的一封約稿信。茅盾雖說對張資平、施蟄存等作家有看法，尤其對張資平在 1930 年以後的多半以三角戀愛為題材的粗製濫造的創作持批評態度，而《自由談》革新的第一天偏偏就登載了張資平的長篇小說。但他又考慮到，一方面可能是黎烈文前幾年在國外，對國內文壇的情況不盡了解；另一方面，左翼作家如果能在著名的保守勢力《申報》上撕破一角，占領一席之陣地，無疑是個大勝利。於是便答應了黎烈文的約請。

　　但到底寫什麼樣的文章給《自由談》呢？茅盾一開始頗費籌措。抨擊文壇的種種怪現象，題目倒是不少。自「一・二八」戰爭之後，上海的文壇曾熱鬧了一陣戰爭文學，但是到了下半年，武俠、神怪、色情類的小說、電影又氾濫起來，什麼《火燒紅蓮寺》、《荒江女俠》等影片，在上海小市民中風靡一時，這些鴛鴦蝴蝶派的變種，在一貫主張「文藝為人生」的茅盾看來，自然是應該抨擊和剔除的。但《自由談》不是專門的文藝副刊，不宜多談文藝；而且，茅盾從自己當年革新《小說月報》而屢屢受挫的經驗中意識到，黎烈文剛剛接過鴛鴦蝴蝶派長期盤踞的《自由談》，他若馬上在上面炮轟他們，不僅會使黎烈文為難，令《申報》的老闆不高興，而且有可能使剛剛開始的革新陷入停頓甚至倒退，所謂欲速則不達，這也是茅盾在長期的新文化運動實踐中所積累的經驗。但既然為革新後的《自由談》助威，當然不能放棄批判社會現狀，推動新文化發展的原則。茅盾考慮，在東三省淪於日本帝國主義鐵蹄下的當時，寫一點含蓄的時論和反抗日本帝國主義侵略的文章，大概不會使黎烈文為難，而老闆史量才畢竟是一個進步開明的實業家和出版

家，這點愛國心還是會有的。這樣，茅盾就於當年年底寫下了題爲「『自殺』與『被殺』的文章，以「玄」的筆名發表在 12 月 27 日的《自由談》欄中。第二年 1 月，他還以這個筆名發表了《血戰一周年》等三篇短文。與此同時，魯迅以「何家幹」爲筆名，在此欄中連續發表了《觀鬥》、《「逃」的合理化》兩文。魯迅與茅盾的名字，在讀者和政府當局者那裡是熟悉的，用筆名發表文章，尤其是針貶時弊的雜文，是當時不得不採用的一種鬥爭策略和自我保護方式之一。不料，黎烈文在《自由談》「編者室」欄裡的一段文字，無意間使「何家幹」、「玄」這兩個名字增添了一層神秘色彩。

1 月 30 日的「編者室」欄中說道：「編者爲使本刊內容更爲充實起見，近來約了兩位文壇老將何家幹先生和玄先生爲本刊撰稿，希望讀者不要因爲名字生疏的緣故，錯過『奇文共賞』的機會！」雖然說是名字生疏，但既然點明是「文壇老將」，自然引起了人們的注意。

2 月 4 日，當茅盾帶著剛剛到手的開明書店版《子夜》的樣書去探望魯迅時，一見面便談起了《自由談》的事。

茅盾問：「周先生，前幾日《自由談》上連發兩文的『何家幹』該就是您吧？」

魯迅笑著說：「那你就是另一位『文壇老將』『玄』先生了！」兩人相對大笑。

魯迅接著告訴茅盾：「去年年底時，黎烈文就託郁達夫來約我寫稿了。可是黎烈文這人我沒聽說過，史量才的態度改變是真是假，也要看一看。所以到上月底才給他寫了兩篇。」

茅盾說：「我開始給他寫稿，也有投石問路的意思。不過，黎烈文這人看來還有點勇氣，你那兩篇文章相當尖銳，他也敢登出來。」

「是呀，我們倒是應該支援他，這是從敵人那裡奪過一個陣地來！我是向來不在名牌大報上寫文章的，所以這次我取了個新名字，原想隱蔽一下，現在黎烈文登出了『廣告』，這就成了『此地無銀三百兩』了。不過，隨他去罷。」魯迅說著，從抽屜裡拿出一疊底稿遞給茅盾：「我這裡又寫了兩篇，你看看，有些題目還大可做文章，你不妨也來他幾篇。」

於是，兩位左翼文學的主將便興奮地議論起還有哪些題目可以在《自由談》上放他幾炮，各自又分別從什麼角度出擊，兩人怎樣相互配合、呼應，以達到最佳的效果等等。從此以後，茅盾就與魯迅協力支持黎烈文的《自由

談》。在 2 月份和 3 月份，魯迅每星期平均發表三篇；茅盾則平均發表兩篇，內容若是太尖銳的文章，就換個新筆名「陽秋」。到 3 月初，國民黨方面很快就注意到了《自由談》的新傾向。3 月 3 日版的《社會新聞》登載的《左翼文化運動的抬頭》一文中說，《申報》的《自由談》「在禮拜六派的周某主編之時，陳腐到太不像樣，但現在也在左聯手中了。魯迅與沈雁冰，現在已成了《自由談》的兩大台柱了」。隨後不久，該雜誌又補充說：「除魯迅與沈雁冰，其他作品，亦十九係左翼作家之作。」反動的御用刊物的這種告密式的評論，自然是別有用心的。但也正道出了魯迅與茅盾在《自由談》中起了「台柱」作用，產生了很大影響的事實。後來像瞿秋白等左翼作家，也紛紛在這一欄目中登臺亮相，而瞿秋白正是魯迅與茅盾的共同至友。

這一年的 4 月間，魯迅從北四川路底的公寓搬進了施高塔路大陸新村 1 弄 9 號。茅盾登門恭賀喬遷之喜時，魯迅知道茅盾也有搬家的念頭，便建議他也搬到大陸新村來。茅盾在愚園路口樹德里的三樓上已住了兩年半，按照「地下生活」的規則，不宜在一地住得太久。這樣，茅盾不久也遷居大陸新村，用沈明甫的筆名，租下了 3 弄 9 號，與魯迅的寓所相隔一排房子而又南北相對。這是茅盾與魯迅第二次做鄰居。六年前，在橫濱路景雲里，茅盾與魯迅也做了一段時間的鄰居。當時魯迅剛從廣州回上海定居，茅盾也剛從大革命的中心武漢潛回上海。只是他不久被迫逃亡日本，從日本回國不久，茅盾遷居愚園路，所以兩位新文學作家真正比鄰相處的時間不到一年。而這一次遷居，魯迅在此一直到 1936 年去世；茅盾也在此住了兩年多。在這兩年多的時間裡，茅盾與魯迅過往甚密，有什麼事商量，走幾步路就到他家裡了；魯迅也偶爾去茅盾家做客。在這一時間裡，兩位文學家對時事政治、文藝問題的看法也較為一致。而在《自由談》上的緊密合作，只是這時期兩位新文學巨匠所進行工作的一部分。

到是年 5 月中旬以前，魯迅共為《自由談》寫了 34 篇雜文，後收入《偽自由書》；茅盾寫了 29 篇（其中有一篇被扣而未能發表），大部分收集在天馬書店出版的《茅盾散文集》中。

茅盾的這些雜文，多是抨擊時政之作，矛頭直指國民黨政府的專制統治和賣國投降政策；即使是談論文藝問題的，也大多話中有刺，國民黨當局很快便有了反應。5 月初，《社會新聞》又登出了一篇題為「魯迅沈雁冰的雄圖」的文章，說：「自從魯迅沈雁冰等以《申報·自由談》為地盤，發抒陰陽怪氣

的論調後，居然又能吸引群眾，取得滿意的收穫了。在魯沈的初衷，當然這是一種有作用的嘗試，想復興他們的文化運動。現在聽說已到組織團體的火候了。」這樣說的用意，一方面是污蔑、攻擊加告密；另一方面是給《申報》老闆史量才施加壓力。史量才雖然是一個開明報人，但也怕擔當政治和經濟上的風險，便向《自由談》主編黎烈文提出了警告，並令總編室加強審稿。於是，從 5 月份起，凡議論時局的文章便常常被扣壓，為此，黎烈文特意向魯迅、茅盾等打了招呼，還不得不在報上登出啟示，說：「這年頭，說話難，搖筆桿尤難。這並不是說：『禍福無門，惟人自召』，實在『天下有道』，『庶人』相應『不議』。籲請海內文豪，從此多談風月，少發牢騷。」此後，《自由談》的編輯，不得不採取一些新的手法。

這樣，以黎烈文的啟事為標誌，《自由談》的革新分為前後兩個階段。前期的文章多直截了當的時事針砭；後期則為「談風月」時期，上面當然有不少確實談風月的文章，但魯迅、茅盾等作家卻以「談風月」為引子，仍然隱諱曲折地表達對時政的批判態度。「何家幹」與「玄」的筆名不再出現了，但他們更經常地變換別的筆名，當局仍然從那些名字陌生的文章裡嗅出「大逆不道」來。這樣，黎烈文也終於為當局所忌恨，不久就被迫辭職。但繼任的張梓生實際上仍堅持了進步的編輯傾向，茅盾與魯迅也繼續為他寫稿。魯迅將 5～8 月所寫的文章，收入《准風月談》、《花邊文學》；茅盾用了朗損、仲方、仲元、伯元、微明、止水、木子、維敬等筆名，一直到 11 月《申報》老闆史量才被暗殺，編輯方針大變時為止，共寫了 33 篇文章，平均每月兩篇。這些雜文與前期相比，筆法是更含蓄曲折了，但仍有很強的現實性。

在延續兩年的《申報‧自由談》革新過程中，左翼作家們進一步突破了自設的藩籬，從守舊勢力那裡奪過一個很有影響的陣地，更大膽地運用公開、合法的鬥爭方式，從而在反對國民黨當局的文化圍剿的鬥爭中取得了重大勝利。《自由談》的革新及其產生的社會影響，不僅吸引了許多卓有成就的新文學作家來寫雜文，還培養了一批年輕的雜文作者。這樣，在 30 年代中期的上海文壇，形成了一種雜文寫作的風氣，也使雜文這一文體在中國現代文學史上達到了全盛時期。著名文學史家唐弢先生，就是在當時的雜文寫作中嶄露頭角的青年作家，他後來說道：「如果寫現代文學史，從《新青年》開始提倡的雜文不能不寫；如果論述《新青年》後的雜文的發展，黎烈文主編的《申報》副刊《自由談》又不能不寫。這樣才說得清歷史變化的面貌。」而作為

《申報・自由談》的「兩大台柱」，魯迅和茅盾每隔幾天就登出一篇，「篳露襤褸，蹊徑獨闢，眞起了登高呼號，搴旗前引的帶頭作用」。

三

　　還在 1933 年春，正當茅盾協同魯迅在《自由談》上揮筆灑墨、針砭時政的同時，茅盾又參與醞釀著另一個文藝建設的計畫，這就是在 30 年代的上海乃至整個新文學文壇上都有重要影響的《文學》雜誌的創刊。

　　自從《小說月報》因 1932 年「一・二八」事變停刊以來，商務印書館當局一直沒有復刊的表示。「左聯」的刊物又屢屢被國民黨當局禁止。這樣，上海乃至整個南方的作家們，特別是青年作家們，寫出了作品也苦於少有發表的地方。1933 年春，正在燕京大學、清華大學任教的鄭振鐸回上海度假，茅盾與他談起上海文藝界的情況，兩人都覺得目前有創辦一個自主而又長期穩定的文藝刊物的必要，復刊《小說月報》的可能不大了，只好另外開張。當即商定刊物的名字叫《文學》，內容以創作爲主，提倡現實主義，也重視評論和翻譯，觀點是左傾的，作者可以廣泛容納各方面的作家，對外還要有一層保護色。鄭振鐸說：「找書店出版的事交給我來辦，至於主編一角當然由你來擔任。」茅盾說：「不行！我是被戴上紅帽子的，我當主編，不出三天，老蔣的手下就找上門來了。還是另找一個不被他們注意的。你本來是《小說月報》主編，由你擔任倒是名正言順，可是你又遠在北平教書。」

　　經過一段時間的籌備，商定由魯迅、葉聖陶、郁達夫、陳望道、胡愈之、洪深、傅東華、徐調孚、茅盾、鄭振鐸共 10 人組成編委會，由鄭振鐸、傅東華主編，黃源負責具體工作，但在刊物上只具「文學社」，以示編委會集體負責，由鄒韜奮主持的生活書店出版發行。但雜誌創辦初期，因爲鄭在北平教書，而傅東華一時還不能擺脫商務編譯所的工作，所以實際籌備工作由茅盾負責。除日常編務由黃源負責外，審定創作稿件、給「社談」欄撰文以及撰寫作品評論都由茅盾一人包下了。

　　7 月份，《文學》創刊號終於問世。從創刊號的作者陣容和文章內容看，它一開始就氣勢不凡。其中除了魯迅的兩篇文章《又論「第三種人」》、《談金聖歎》外，陳望道、郁達夫、葉聖陶、朱自清、巴金、王統照、豐子愷、夏丏尊、俞平伯、陳子展、顧頡剛、張天翼、曹靖華、朱湘等名家都有文章，還有當時的青年作家沙汀、艾蕪、臧克家、樓適夷等。從第一期作者陣容看，

其中原屬文學研究會的成員占了很大的比重，難怪《社會新聞》早在《文學》剛剛籌備之時，就根據傳聞添油加醋地評論道：「魯迅、沈雁冰等已在籌組文學團體，並將循文學研究會派的路線前進。」在這捕風捉影和別有用心的話裡，倒也包含了幾分實情。但將之看做文學研究會的復興，是不符合事實的。創刊號上由傅東華執筆的發刊詞和茅盾寫的「社談」，概括地表明了《文學》的辦刊方針：無論誰的作品，只要是誠實由衷的發抒，只要是生活實感的記錄，只要有一個共同的憧憬——到光明之路的，都可以發表；它「不問作家的新老或面熟面生，只看文章的好壞」。

《文學》雜誌的出版問世，茅盾花費了大量的心血；而在該雜誌刊行的四年時間裡，茅盾更是經受了來自各方面的嚴峻考驗。

對於茅盾來說，1933 年是一個多事之秋。這年上半年，遷居後的茅盾一方面繼續為《申報·自由談》撰稿，另一方面積極籌辦《文學》雜誌；到下半年，茅盾又增加了一個社會職務，那就是再度擔任左聯的行政書記。而這時候，無論是《自由談》還是《文學》雜誌，都已面臨著日益嚴重的政治文化的法西斯專制的壓力和干擾。自這年 11 月份起，國民黨當局加緊了反革命文化圍剿，上海的一些進步文化和出版機構，如藝華影片公司、良友圖書公司、神州國光社等，不是被搗毀，就是遭襲擊。書籍、雜誌的原稿要預先審查以後才得發表或出版。生活書店在這年年底也得到當局的通知，《文學》從第二卷起，排印前先須經檢查官的檢查；版權頁上不能籠統地署「文學社」，而要署主編人姓名。面對嚴峻的形勢，編委經商量決定，主編署上鄭振鐸和傅東華之名，實際由傅東華負責，茅盾則退至幕後，暫不露面。但經檢查官的大抽大砍，第二卷第一、二期的內容大受影響。

正當茅盾忙於為《申報·自由談》寫稿和編輯《文學》雜誌，並與日益禁嚴的文化圍剿周旋時，又有不幸的消息傳來。1933 年底的一天傍晚，魯迅讓人送來一張便條，說是「有一熟人從那邊來，欲見兄一面，弟已代約明日午後某時於白俄咖啡館會晤」。茅盾知道，「那邊」指的是共產黨組織。但自從 1927 年大革命失敗，茅盾從武漢回上海後，中經逃亡日本的近二年，回國後又已近四年了，他除了因文藝事務和私人關係與共產黨內人士有接觸外，已有近六年時間沒有直接與黨組織接觸了。雖然他始終關注著國內政治形勢的變幻，並通過文化藝術的途徑，參與改造現實的大業，但因為黨內黨外早有傳言他已脫離共產黨，而自己當初確實也一時難以解釋清楚；而當迷離而

劇變的革命形勢稍稍明朗之後，他的興趣和精力又已轉向文學創作和文學活動了。現在黨組織突然來找他，會有什麼事呢？

第二天下午，茅盾準時來到白俄咖啡館，魯迅早已在那裡等候。出乎意料的是，來訪者竟是創造社的成仿吾和鄭伯奇。成仿吾與魯迅、茅盾都打過筆仗，但茅盾從未與其見過面，後來只聽說他去蘇區了。更出乎茅盾意料的是，他帶來的竟是弟弟沈澤民的噩耗！原來，擔任鄂豫皖蘇區省委書記的沈澤民，在艱苦的環境裡積勞成疾，肺病復發，再加上瘧疾，已於 11 月 20 日去世了，茅盾失去了唯一的弟弟。風雨如晦的 1933 年，就在茅盾及其全家的悲痛之中結束了。

隨著農曆新年的臨近，上海上空的烏雲愈益濃重。從商店的老闆到普通的市民，所感受到的不是臨近新春的忙碌和喜悅，除那些中外達官貴人外，大街小巷佈滿了蕭條之氣。即使在最繁華的南京路上，至少也有四五十家商店過不了年關，整個上海竟有五百多家商店入不敷出，面臨倒閉。茅盾在一篇《上海大年夜》的速寫中對此作了記錄。另一方面，國民黨當局的文化專制也愈演愈烈。1934 年 2 月，當局一下子查禁書刊 149 種之多，牽涉到 28 位作家。魯迅在 1927 年以後的譯文和雜文集全部被禁；茅盾的著作除了介紹西洋文學的幾種外，其餘的包括《宿莽》、《野薔薇》、《蝕》、《虹》、《子夜》、《路》、《三人行》、《春蠶》、《茅盾自選集》等也都在被禁之列。

面對檢查官對書刊雜誌的禁、查、砍，茅盾等新文學作家們以種種辦法與之周旋。他與鄭振鐸商議，決定從《文學》雜誌第三期起連出四期專號，即翻譯專號、創作專號、弱小民族文學專號和中國文學研究專號。魯迅很讚賞他們的辦法，並特別肯定了中國文學專號（由鄭振鐸組編）上的文章。

翻譯專號和弱小民族文學專號，涉及外國文學的兩個側面。前者所譯的主要是英、法、德、俄、西、意、日和美等「文學大國」的創作；後者則主要譯介包括東歐、南美等地區的弱小民族的文學創作。創作專號登有張天翼的《包氏父子》、沈從文的《湘行散記》等 30 年代的佳作。至於文學研究專號則顯現了朱自清、俞平伯、吳晗、顧頡剛、魏建功、鄭振鐸等中國文學研究的文史研究陣容。這四期專號的連續推出，不僅巧妙地抵制了文化專制主義的暴行，而且使《文學》月刊成為 30 年代的文壇巨樹，更加不易搖撼了。

1935 年，鄭振鐸因擔任暨南大學文學院院長，又要主編《世界文庫》，便

辭去了《文學》月刊主編的職務，由傅東華一人擔任主編，後來傅東華又一度辭職，茅盾實在忙不過來，便又請王統照來接替傅東華之職。直至「八一三」抗戰爆發，形勢劇變，《文學》才宣告停刊。

《文學》月刊是繼《小說月報》之後，抗戰之前，出版時間最長、影響最大的大型文學雜誌。它的巨大成功，依恃了幾位實際編輯者的才華互補和協同操作形成的綜合效應，如果說其中包含了鄭振鐸廣泛的文壇交往、出色的組織能力和古典文學的興趣專長，傅東華的中間派色彩（其胞兄為江蘇省教育廳廳長的保護色）和他的外國文學知識，以及黃源在編校、雜務上的勤勉的話，那麼，茅盾作為《文學》實際上的主持人，他對雜誌的編輯方針的確定、編委會的組織起著很大的作用，另外，他本人卓越的藝術眼光、理論修養以及同左翼作家間的因緣，也在其中起著舉足輕重的作用。他為《文學》的創刊和維持，運籌帷幄，嘔心瀝血；團結廣大作家，組織了大量顯示 30 年代創作水平的稿件，尤其是對理論批評的提倡和身體力行，使「作家論」成為新文學批評的一種有影響的形式；另外他還一方面妥善地調解內部糾紛，另一方面機動靈活地與當局的查禁作鬥爭。總之，《文學》在白色恐怖的上海出版生存了四年之久，取得了巨大的成就，產生了深遠的影響，茅盾的功績是不可磨滅的。

再回到那濃雲密佈的 1934 年。新文學作家除了設法維持已有雜誌的生存，抵制當局對書刊的禁令外，出版新刊物，探討學術問題，展開大眾語、漢語拉丁化問題的討論，譯介外國文學等也是他們採取的「主動出擊」，以對抗當局的文化圍剿，1934 年因而也被稱為「雜誌年」。這一年全國新出期刊四百餘種，僅上海一地創刊的文藝雜誌就有幾十種之多，如《譯文》、《太白》、《萬象》、《人間世》、《文藝風景》等有影響的文藝刊物，都先後問世。不過，在這眾聲喧嘩的表相下，是激烈的鬥爭。

1934 年 5 月的一天，茅盾在魯迅家裡談及當時文壇的情況，如作家發表作品的困難，普遍輕視翻譯等。魯迅提議辦一個專門登載譯文的雜誌。茅盾當即表示贊成。兩人商議決定，雜誌取名為《譯文》，由剛剛被迫辭去《申報‧自由談》編輯職務的黎烈文參加發起，黃源負責具體編務。生活書店願意負責出版。

經過一段時間緊張的籌備工作，《譯文》雜誌於當年 9 月出版創刊號。剛出版的一、二期內容幾乎全由魯迅、茅盾和黎烈文三人包下了。自第三期起，

開始有了投稿。這樣直到第二卷第六期（1935 年 9 月），因與生活書店發生矛盾而終刊，茅盾與魯迅合寫了《終刊號‧前記》。後改由上海雜誌公司發行，於 1936 年 3 月復刊，終刊於 1937 年 6 月，前後共出 29 期。

　　《譯文》雜誌是新文學史上第一家專門譯介外國文學作品的雜誌，它視界寬廣，容量廓大。時間上從古至今，地域上東西兼顧，文藝思潮從古典主義到超現實主義兼收並蓄，體裁樣式也豐富多樣，文體風格更是千姿百態。編者還充分注意選材的經典性，每期都要推出幾位經典作家。同時十分注重譯文的品質，集中了當時翻譯界的兩代佼佼者；另外，每期還配有珍貴的插圖，既美觀別致，又更真實地傳遞了原著的信息。《譯文》的成就當然首先歸功於實際上的主編魯迅先生，但作為主要發起人和撰稿者之一，茅盾的功績也占了很大的比重，他以其深厚的外國文學知識和開闊的視野，豐富的編輯才能，為《譯文》的成功作出了重要貢獻。新中國成立後，為了繼承魯迅精神，擴大當代中國作家的視野，身為文化部長和作協主席的茅盾，積極倡導並策劃了《世界文學》的前身《譯文》雜誌的創刊（1953 年），從刊名到辦刊方針，都可以看出對 30 年代老《譯文》的繼承和發揚，從中也可以看到茅盾對當年與魯迅先生所共同傾注心力的《譯文》雜誌的懷念之情。

四

　　用茅盾自己的話來說，1934、1935 兩年，他是在「打沙包」中度過的。在那文化專制主義盛行的時代環境裡，茅盾與魯迅等其他左翼作家一樣：「就好比練拳的人『打沙包』。把一個個撲上身來的『沙包』打開去，正是拳術的進展，同樣的，『文壇』在荊棘滿布、梟狐窺伺的路上掙扎，才是真正的往深處進展！」

　　緊張繁忙的生活使茅盾無法靜下心來，在書桌前從容地構思、寫作。他這兩年的創作較多的是速寫與散文，大多發表在《申報月刊》、《漫畫生活》和《太白》等雜誌上。《太白》是由陳望道等主持創辦的鋒芒較為銳利的左翼文藝刊物，魯迅和茅盾等都參與了籌備，只因考慮到他們兩人在外界明顯的左翼身份，為了使雜誌不至於在創辦之初就夭折，才沒有將他們列入編委的名單，但他們仍給予積極支持。速寫、散文之外，茅盾也寫了一些中短篇小說，如《阿四的故事》、《多角關係》等，但都因缺乏必要的創作心境不免顯得倉促粗糙，他自己對之也很不滿意。倒是在外國文學的譯介方面碩果累累。

除了上述在《文學》和《譯文》雜誌的編輯中組織稿件並親自動手譯介外（這些文章後來結集為《桃園》、《雪人》），茅盾還分別寫了兩組通俗介紹外國文學名著和已有漢譯本的西洋文學名著的文章，前者先在《中學生》雜誌上發表，後結集為《世界文學名著講話》，後者結集為《漢譯西洋文學名著》，分別由開明書店和亞西亞書局出版，對擴大和普及西方文學知識起到了很大的作用，尤其在青少年學生中擁有廣泛的讀者。茅盾的這一普及工作與《文學》、《譯文》雜誌的專業介紹的相互配合共同倡導，使得譯介外國文學的工作影響了整個文壇，再加上鄭振鐸編輯的《世界文庫》的隆重推出，有人稱 1935 年為「翻譯年」，從而進一步拓展了新文學發展的思想和藝術資源，而茅盾在其中所起的作用是十分重要的。

除了創作與譯介外，茅盾還在 1935 年春編輯了《中國新文學大系‧小說一集》。當時，良友圖書公司的趙家璧提出了這一新文學史上具有重大意義的構想，並徵求多方意見，約請新文學陣營中著名的作家和批評家編輯、作序。茅盾在 1934 年 10 月間就接到趙家璧的來信，趙請茅盾負責小說部分的編輯，並徵求他有關新文學運動第一階段起止年限的意見。茅盾建議大系的斷代以 1917 年到 1927 年為界，正好是新文學運動的第一個十年。小說部分大致按文學團體分為三編，文學研究會和創造社各一編，語絲社、未名社等社團合為一編。茅盾負責的文學研究會為一編，花了三個月時間，共選了 29 位作家的 58 篇小說，所寫的長篇《導言》論述了新文學運動第一個十年間小說創作的發展過程，並評述了冰心、葉聖陶等 11 位作家的思想傾向和藝術特色，還特別評論了幾位「無名作家」的作品。

茅盾這時期所從事的譯介工作，除了實行「拿來主義」外，同時也積極地將中國新文學的優秀作品介紹給外國讀者。早在 1933 年，他就與魯迅一起，幫助美國作家埃德加‧斯諾編選了一本中國現代文學作品選集《活的中國》，該書側重介紹老作家的作品。1934 年間，茅盾與魯迅又同意說明美國記者伊羅生編選一本中國現代作家短篇小說選，打算借此機會把「左聯」成立以後湧現出的一批有才華而國外尚無人知曉的青年作家的作品介紹到外國去。魯迅負責寫《序言》，茅盾擬定選目初稿和左翼文藝期刊的介紹。除各自寫了《小傳》外，茅盾還為其他作家寫了簡介。因種種原因，這個題為《草鞋腳》的選本直到 1974 年才於美國出版。

美國作家史沫特萊是茅盾與魯迅的共同朋友，相互間都有很深的友誼。

史沫特萊如有事與他們商量時，往往採取三人聚會的方式，茅盾權充魯迅與她之間的翻譯。1935 年 9 月，史沫特萊準備編一本中國革命作家小說集，並請茅盾作序，茅盾應約寫了《給西方的被壓迫大眾》的文章，但該書後來沒有出版。史沫特萊還找人將《子夜》譯成英文，茅盾應約寫了一篇自傳，魯迅特地讓胡風寫了一篇評論。

　　魯迅與茅盾間的深厚友誼，同樣反映在為紀念亡友瞿秋白而協力編印他的遺著的工作中。

　　1935 年 3 月上旬，茅盾剛剛完成《中國新文學大系・小說一集》的編輯，便忙著準備搬家了。因為在大陸新村已住了兩年，知道他住址的人也漸漸多起來了，這在白色恐怖的年代裡，意味著不安全因素也漸漸增多了。再說，自從國民黨實行圖書檢查後，茅盾的稿費收入減少了許多，在老家烏鎮翻修房屋還要花去一大筆資金。這樣，大陸新村的每月 60 元房租就越來越成為一項相當大的開支，因此，較為妥當的辦法是換一個房租較便宜的住處。但因為住在大陸新村與魯迅比鄰，有事方便聯繫，所以拖到 3 月中旬才終於搬往滬西極司菲爾路信義村一弄四號，與黎烈文做了鄰居。

　　就在搬家前一日上魯迅家告別時，魯迅一見面就拉住茅盾，低沉地說道：「秋白被捕了！」茅盾大吃一驚，忙問這消息是否確實，因為他總以為瞿秋白已與紅軍主力一起離開蘇區長征了。魯迅道：「他化名給我寄來一信，要設法找鋪保營救。看來是在混亂中被捕的，身份尚未暴露。」但就在他們緊張地籌畫營救時，卻傳來了瞿秋白高唱《國際歌》從容就義的噩耗。親友們都沉浸在悲痛之中。在哀悼的同時，魯迅、茅盾等人計畫編印紀念集。因為瞿秋白的大量著作都是政論，所以他們只得暫將他的譯文編選為上、下兩冊，題名為《海上述林》。以「諸夏懷霜」的名義，在國內排版，再到日本印刷裝訂，費用全由朋友們捐助。魯迅為了編印《海上述林》，耗費了大量的心血；茅盾捐助了 100 元，並從中協助聯繫和促進，盡了自己的一份力量。

第十一章　黎明前的呼號

一

　　1935 年眼看就這樣過去了。茅盾一方面急於應付一個個撲面而來的「沙包」，編書編刊，翻譯介紹，忙得不亦樂乎，而且似乎已適應這種繁忙的工作狀態了；但另一方面，他的內心一直有一種焦慮，希望有一個較為安定的環境，能將主要的精力用於文學創作。這一年他剛滿 40 歲，正是生活經驗、精力體力和藝術創造力都處於人生最高值的時候，雖說他的創作已產生了很大的影響，並在新文學中確立了地位，但在不惑之年，理當有進一步的發展和飛躍。而自己近年來寫的那些零碎篇什顯然不能令人滿意。但這時候的中國，這時候的上海，哪裡又有安定的所在呢？為此，茅盾花了一大筆資金，於 1944 年在老家烏鎮改建了三間平房，營造了一個頗有點「桃源勝地」味道的所在，準備有朝一日能掙脫這十里洋場的喧囂與緊張。但時局的發展，文壇的變化，並沒有給茅盾的藝術創造留下多少發展的餘地。隨著華北五省的相繼淪陷，全國各地反對賣國，反對內戰，一致抗日的呼聲越來越高，北平愛國學生的「一二‧九」運動迅速得到各地的聲援。在民族面臨危亡之際，文化與文學也不能不進一步調整自己的走向；而在抗戰的時代主題高於一切的情景下，即使在左翼文藝陣營內部，也存在著激烈的爭論。在幾乎持續了整個 1936 年的「兩個口號」之爭中，茅盾因其在左翼內部的獨特地位和影響，發揮了特殊又重要的作用。

　　1935 年冬的一天，已經搬往極司菲爾路信義村一弄四號的茅盾登門拜訪魯迅。魯迅給他看了一封蕭三自莫斯科寄給「左聯」的信。蕭三本名蕭子暲，

湖南湘鄉人，詩人兼翻譯家。當時在莫斯科東方大學任教，是中國「左聯」駐「國際革命作家聯盟」的代表。信中肯定了「左聯」成立以來所取得的各種成績，批評了它長期以來存在而未能克服的「左」的關門主義和宗派主義錯誤，並建議解散「左聯」，另外成立一個廣泛的統一戰線的文學團體。從此信的口氣看，這顯然不是蕭三個人的意見，後來他們知道，這是蕭三根據中國共產黨駐共產國際的代表王明的指示而寫的。「左聯」的關門主義和宗派主義，魯迅和茅盾是早就感受到的，但感受的程度和方式兩人又有所不同。魯迅自 1934 年下半年以來，對「左聯」內部一些成員積累了一些看法，加深了他對「左聯」宗派主義的感受。先是田漢的「化名」事件，後是與廖沫沙的爭論，更重要的是，「左聯」內部刊物《文學生活》對他的「保密」事件。1934年底的一期刊登了「左聯」年度工作總結報告的《文學生活》沒有寄給魯迅（茅盾也沒有收到），這樣重要的文章不僅事先沒有與魯迅商量並徵求意見，而且登出後還「保密」，這對身為「左聯」執委會常委書記的魯迅當然是很大的不尊重、不信任。事實上，在 1933 年馮雪峰擔任「左聯」黨組書記和胡風擔任秘書長期間，是魯迅和「左聯」的聯繫最為密切的時期，後來馮雪峰去了江西蘇區，胡風又被撤職，魯迅這個「左聯」的「盟主」也就成了一塊招牌，用不用他要看需要與否，這當然引起魯迅的極大不滿。但對於蕭三的建議，魯迅不像茅盾那樣抱基本贊同的態度。他對於把原來的敵人拉做朋友表示懷疑，對於解散「左聯」也不贊同。認為「左聯」的宗派主義、關門主義是嚴重的，「他們實際上把我也關在門外了」，但宗派主義和關門主義是有人在那裡做，不會因為取消了「左聯」他們就不做了。「左聯」是左翼作家的一面旗幟，旗一倒，等於是向敵人宣佈我們失敗了。

自從這年春天，上海的共產黨地下黨組織（包括黨委及文委）遭到嚴重破壞後，「左聯」事實上與黨的上級組織失去了直接聯繫。蕭三的信雖說在 11月初就已收到，但左聯一時還沒來得及做出反應。不久，中央瓦窯堡會議關於建立抗日民族統一戰線方針的消息傳來，「左聯」黨組領導人才決定在文藝界建立相應的統一戰線組織。但由於無法直接與黨中央取得聯繫，因此當時只好根據中國共產黨駐第三國際的代表王明在《救國時報》上發表的文章和第三國際《國際時事通訊》的有關觀點，提出了「國防文學」的口號，後來，「國防戲劇」、「國防電影」的名詞也就相繼出現。

1936 年春，夏衍托鄭振鐸約茅盾相見。夏衍對茅盾說了兩點意思，作為

「左聯」下一步工作的設想，請茅盾轉告魯迅，並徵求魯迅的意見。一是要建立文藝界抗日統一戰線組織，這個組織的宗旨是：不管他的文藝觀點如何，只要主張抗日救國，都可以加入，其中包括原來「禮拜六派」的人物；二是解散「左聯」。既然要成立新組織，「左聯」也就完成了它的歷史使命，不解散，人家以為新組織就是變相的「左聯」，統戰的範圍就小了。

魯迅聽完茅盾的轉述後，仍然堅持自己的意見：贊成組織文藝界的統一戰線，但「左聯」應是統一戰線的核心，不能解散。其實，魯迅對周揚等人的關門主義與宗派主義作風已有看法，這也直接影響了他對建立文藝界抗日統一戰線的具體辦法的選擇。後來，在當時的「左聯」書記徐懋庸的接連勸說下，魯迅終於同意解散「左聯」，但提出必須發表一個宣言，申明並不是自行潰散。

與此同時，關於「國防文學」問題的討論已經開始。茅盾認為「國防文學」這個口號很通俗，可以用，但有些文章對它的解釋觀點很混亂，普遍存在的問題是：沒有強調甚至沒有涉及無產階級在「國防文學」中的領導責任，所以，他覺得這個口號可以用，但需要作進一步的解釋。

但就在這時，托洛茨基派人士徐行以其自己的立場參與了討論，認為「國防文學」的倡導者是「資產階級的辯護士」。托派的加入使討論變得複雜起來，提出「國防文學」口號的周揚等人便據此確認口號的正確性（即依「凡是敵人反對的我們就要擁護」的邏輯），而隨後的「兩個口號」之爭，在相當程度上導致了惟我正確的盲目自信。

由於在解散「左聯」問題上本來意見不一，而魯迅經過勸說後提出的在申明不是「自行潰散」前提下解散「左聯」的意見，周揚等在承諾後卻沒有兌現，這就使魯迅與周揚等人之間的矛盾更加複雜起來。在魯迅看來，周揚他們（包括夏衍、田漢、徐懋庸等）的反覆說服原來是一個圈套，不過是為了讓魯迅作出讓步同意解散「左聯」，而他一旦同意後，他們就不顧及魯迅同意的前提條件了。這種受騙了的感覺更加深了魯迅對周揚等人的看法。

而這時候的茅盾卻處在一個比較特殊的地位，他與矛盾雙方都保持著良好的關係。他意識到保持和運用這種關係，可以在雙方矛盾中起緩和調節作用，有利於左翼陣營內部的團結，更有利於抗日統一戰線的形成，他也始終為發揮這種作用而努力著。

　　一開始，茅盾只想通過私下裡的意見交換，達到雙方的溝通和意見統一。所以他除了在雙方間傳達意見之外，對這一口號直接發表意見則十分謹慎。1、2 月份的《文學》對外界有關「國防文學」的討論一直保持沉默。但《文學》是當時上海文壇最有影響的文藝期刊之一，總得要對文壇的熱點問題發表他們的看法。不過茅盾不提「國防文學」的口號，而只就抗日統一戰線做文章，他在 3、4 月號《文學》上發表了《作家們聯合起來》、《向新階段邁進》兩篇短文，號召站在一條戰線上的作家們聯合起來，「在這個苦難的時代，在這個存亡危急的關頭，有什麼個人的嫌隙芥蒂可容存在呢？放大了眼光，敞開了胸懷，堅定了意志，手牽著手，一齊向前走罷！」

　　但茅盾並不是一味地「和稀泥」，相反，在對「國防文學」問題上有著自己的看法，他認為作為宣傳和鼓動的口號，「國防文學」的概念可以用，但要作合理的解釋，它通俗但含義模糊。同時，他又認為在這一時代課題下，文學創作還需要題材與風格的多樣化，作家們也應有其創作自由。而後者顯然體現了茅盾對文藝創作規律的深刻體察，這與魯迅的看法有更多的共同點。這樣，茅盾的調解雙方矛盾，推進統一戰線的努力就由初期的沉默轉為對口號作合理的多層次的解釋，在與魯迅獲得共識後，茅盾又相繼在《文學》5 月、6 月號上發表了《需要一點中心》、《進一解》兩篇短文，闡述了自己的看法。另一方面，他又被推定為周揚等籌建的「中國文藝家協會」的發起人之一，並被推舉起草該會的宣言。他雖然對周揚失信於魯迅，在不作聲明的情況下解散「左聯」的做法也抱有看法，對他們的宗派主義、關門主義傾向也有察覺，尤其對徐懋庸對「國防文學」口號的極端化解釋和對文藝前景的悲觀估計給予了公開的辯駁，但茅盾作為共產黨早期黨員之一（雖然大革命之後已與組織失去聯繫），多年的黨內工作經歷畢竟養成了他對團體意志的服從習慣，與魯迅相比，他更善於將自己的意志保留起來以服從於整體的意志。

　　而到 4 月底，馮雪峰以中共中央特派員的身份從陝北瓦窯堡來到上海後，左翼內部的這場矛盾與紛爭又有了新的轉機。

　　馮雪峰此行是受命在上海建立與黨中央的聯絡點，並考察長江一帶的地下組織，了解和幫助上海的文藝工作。如果說周揚等提出的「國防文學」口號，在當初是響應並參照了第三國際的方針及王明的觀點的話，那麼，馮雪峰這次是直接帶來了黨中央對文藝工作的方針政策，但他並沒有依仗這一「尚

方寶劍」，而是先聽取了魯迅、胡風和茅盾等人對上海文壇現狀的意見，只是對周揚等人的宗派主義和關門主義作風比茅盾更敏感些。

　　馮雪峰了解到魯迅對於「國防文學」口號的意見及對周揚等人的工作作風的態度，並從茅盾處知道，因為魯迅不願加入中國文藝家協會，許多人仍在觀望之中。茅盾認為，戰友之間有不同意見，可以互相爭論，各辦雜誌，甚至提各種口號，但組織上不能分裂，這樣會使親者痛，仇者快。這一基本態度，馮雪峰與茅盾是一致的，馮答應勸說魯迅加入中國文藝家協會，而不要另成立相類似的組織。但他與茅盾相比，在觀點上更傾向於魯迅一方，這與他對周揚抱有較深的成見，以及與胡風的關係相對密切有關。

　　不久，魯迅在家中告訴來訪的茅盾，他們打算提出一個新的文學口號——「民族革命戰爭的大眾文學」，以補救「國防文學」口號在階級立場上的不明確性，以及在創作方法上的不科學性。當時馮雪峰也在場，茅盾獲知，這個新口號的提出，魯迅、馮雪峰、胡風三人商量過。茅盾同意新口號的提出，但他認為在提出新口號的同時，要對已經討論了幾個月的「國防文學」有所闡述，說明提出「民族革命戰爭的大眾文學」的理由及與「國防文學」間的關係，以免引起外界「左翼內訌」的誤解，所以非得由魯迅親自作這個說明。魯迅說：「我最近身體不大好，不過可以試試看。」

　　6月1日，胡風在《文學叢報》上發表了《人民大眾向文學要求什麼》一文，提出了「民族革命戰爭的大眾文學」的口號。但文中並沒有談及「國防文學」口號，這就容易使人產生誤解。茅盾一直擔心的兩個口號之爭終於還是發生了。之後，以贊同新口號者為一方，在《夜鶯》、《現實文學》、《文學叢報》等雜誌相繼發表文章；而擁護「國防文學」的一方則在《文學界》、《光明》及日本的《質文》等雜誌上發表問難文章。

　　緊接著，論爭雙方在組織上的統一也沒有如願維持。但茅盾及馮雪峰還是盡力維護左翼文藝隊伍的團結。茅盾作為「中國文藝家協會」的常務理事會召集人，在宣言的起草中沒有提及兩個口號，他也請馮雪峰轉達，請魯迅在即將成立的「中國文藝工作者協會」的宣言中也不要提兩個口號。同時，茅盾也接受馮雪峰的建議，兩個協會都簽名，都參加，以免在外界看來這兩個組織是完全對立的。

　　6月間，魯迅抱病寫了《答托洛斯基派的信》、《論現在我們的文學運動》兩文。前者批駁了托派的言論（以為魯迅既對「國防文學」口號有異議，又

在「中國文藝家協會」之外再成立「中國文藝工作者協會」，便是與共產黨分道揚鑣），公開表示擁護共產黨的抗日民族統一戰線政策。後者解釋了「民族革命戰爭的大眾文學」口號的含義，表示自己贊成這個口號，同時也說明了它與「國防文學」口號的關係，在肯定後者也是有益於需要的同時，認爲兩個口號可以並存。馮雪峰打算讓這兩篇文章在雙方刊物上同時發表，以期挽回爭論所帶來的負面影響，並請茅盾把它們轉交《文學界》。茅盾也寫了一篇《關於〈論現在我們的文學運動〉》，附在魯迅文章的後面交給《文學界》的編輯徐懋庸。但結果是，魯迅的《答托洛斯基派的信》沒有發表（後發表於《文學叢報》），只發表了《論現在我們的文學運動》和茅盾的文章，而在茅盾文章之後又加了很長的一段《附記》，轉彎抹角地否定「民族革命戰爭的大眾文學」口號，暗示「國防文學」口號的「正統」地位，這使茅盾深切地感受到「左聯」內部宗派主義傾向的嚴重性。

之後，茅盾看到了郭沫若在東京寫的《國防‧汙池‧煉獄》一文，雖說郭文在兩個口號中明顯地傾向於「國防文學」，但他對這一口號的分析在茅盾看來是合理的。郭沫若認爲國防文藝是「非賣國」或「反帝」的文藝，它只是作家間關係的標誌而非作品原則上的標誌。這一看法啓發了茅盾從一個較好的角度解釋兩個口號間的關係，既可以照顧到抗日統一戰線的文藝發展形勢，又可以切合文學創作的實際，還可望在達成共識的基礎上使矛盾雙方團結一致。爲此他寫了《關於引起糾紛的兩個口號》一文，認爲兩個口號可以並存互補，「國防文學」是一切作家間關係的標識而非創作口號；「民族革命戰爭的大眾文學」是現在針對左翼作家而非全部作家提出的創作口號。文中還對雙方（胡風、周揚）的宗派主義都作了批評。但這篇文章在《文學界》發表時，卻同時刊出了周揚的《與茅盾先生論「國防文學」的口號》一文，全盤否定了茅盾文章中的觀點。更令茅盾氣憤的是，「我的文章還沒有發表，反駁的文章就已寫好」並同時刊出，因爲周揚既非《文學界》的編輯（編輯是徐懋庸），他在茅盾的文章發表之前就已看到並寫好了反駁文章，這在茅盾看來近乎於「審查」，而且「作爲黨的文委的領導人竟如此聽不進一點不同意見」！

8 月初，魯迅發表了《答徐懋庸並關於抗日統一戰線問題》，表述了對抗日民族統一戰線政策的認識和態度，論述了兩個口號的相互關係，並嚴厲批評了周揚、徐懋庸等人的作風，在文藝界引起了很大的震動。茅盾通過《文

學界》的「審查事件」，也更加深了對周揚等的宗派主義和關門主義傾向的感受，他原以爲自己一門心思調解糾紛，總會使矛盾趨於緩和，但有人不但不願停止論戰，連調解人都打了，覺得非「答覆幾句不可」。於是在《再說幾句——關於目前文學運動的幾個問題》一文中，再次申述了自己的觀點，在批評胡風的同時，更尖銳地批評了周揚的關門主義和宗派主義。

這場激烈的爭論，批判了左翼文藝陣營中的宗派主義傾向，進一步明確了建立文藝界統一戰線的必要性，雖然在這場爭論中造成的矛盾對立所帶來的負面影響一時還無法消除，並一直沿續到建國後的文壇，但在當時尖銳的民族解放主題之下，經過茅盾、馮雪峰等人的努力，在是年 9 月 20 日發表了具有標誌性意義的《文藝界同仁爲團結禦侮與言論自由宣言》，魯迅、茅盾、郭沫若等各方面代表 21 人（包括論爭雙方）都在宣言書上簽了名，論爭於是基本結束，文藝界抗日民族統一戰線初步形成。

在兩個口號論爭中，茅盾因其特殊的地位和角度，始終以較爲冷靜和理智的態度，以團結抗日、顧全大局爲出發點，對雙方論爭中的一些偏激觀點都進行了批評，對因意氣、隔閡而引起的誤解，則積極地從中調解，「因此也就不免受到雙方某些同志的誤解」，以致還被某些小報及有的朋友指責爲「腳踏兩條船」。但事實上茅盾並沒有放棄原則，他不僅始終堅持抗日民族統一戰線，以團結禦侮爲出發點，沒有在爭論中捲入任何一方，而且在爭論中始終堅持與創作實際的結合，始終沒有因爲時代主題的迫切需要而放棄對文學特性的肯定。從中可以看出茅盾的寬闊胸襟和理論眼界，也顯示了他爲文藝界抗日統一戰線的建立作出的一份獨特貢獻。

二

回顧這場持續將近一年的爭論，茅盾感到少有的疲憊。他痛心地看到左翼文壇所存在的某些舊文化殘遺是怎樣的根深蒂固，怎樣妨礙了新文藝的更好的發展繁榮；而最使他感到悲痛的是其間魯迅先生的病逝，中國文壇失去了一位空前傑出的作家和思想家，他失去了一個亦師亦友的知己。雖說魯迅的病由來有時，但如果沒有這場爭論，他的病情不是可以得到更及時的治療麼？

早在 1935 年冬，茅盾與魯迅同時被邀請參加蘇聯駐上海領事館舉行的不公開的小型酒會，慶祝蘇聯十月革命節。會後，一起與會的史沫特萊私下告

訴茅盾：「我們大家都覺得魯迅有病，臉色不好看。孫夫人（宋慶齡）也有這個感覺。蘇聯同志表示，如果他願意到蘇聯去休養，他們可以安排好一切，而且可以全家都去。」並要茅盾再去勸勸魯迅。但魯迅經過仔細考慮，還是謝絕了，他說：「過去敵人造謠說我拿盧布，前些時候又說我因為左翼文壇內部的糾紛感到為難，躲到青島去了一個月，現在如果到蘇聯去，那麼敵人豈不要更大肆造謠了嗎？可能要說我是臨陣開小差哩！我是偏偏不讓他們這樣說的，我要繼續在這裡戰鬥下去。」

　　第二年春天，正是兩個口號之爭開始展開的時候，魯迅就時常感冒低燒。到 5 月份，又接連幾天低燒不退。而在由史沫特萊請來的美國醫生診斷後，他被告知：病情很嚴重，恐怕過不了年了！這場大病到 7 月初才稍有好轉，但終於沒有完全恢復。在大家的一再勸說下，魯迅去做了一次 X 光透視，從拍下的照片上看到，兩肺已基本爛空了！美國醫生驚訝地說：這是我所見到的第一個善於抵抗疾病的中國人，要是換了別人，則早已死掉了！但他仍堅持不願住院治療，且不願到異地療養。而這時，正好是兩個口號之爭十分激烈的時候。在此期間，茅盾常常隔幾天從西郊的極司菲爾路來到大陸新村魯迅家中探望。晚年的魯迅已經心力交瘁，沉屙纏身，同時又承受著來自多方面的攻擊非難，其中有同志間的誤會，有思想鬥爭，更有階級的較量。在兩個口號論爭中，魯迅對周揚等人的作風和觀點，都持較為激烈的批評態度，雖說雙方為抗戰的前提是一樣的，但他對宗派主義與關門主義尤其深惡痛絕。特別是當「托派」成員陳仲山致信魯迅，批評第三國際與抗日聯合戰線方針時，魯迅氣憤得全身發抖，立即以大病之軀，口述了《答托洛斯基派的信》和《論現在我們的文學運動》，由馮雪峰筆錄，經他改定後馬上發表，對身前背後射來的「箭」予以反擊。魯迅簡直是在用他生命中的最後一點氣力在作戰！

　　不用說像魯迅這樣年近六旬的病人難以經受長期緊張的工作和接二連三的精神刺激，就是剛過 40 歲的茅盾，也在這頻繁的「打沙包」和其他繁忙的工作中病倒了。

　　自 1936 年春以來，茅盾應生活書店鄒韜奮之約，仿照高爾基編《世界的一日》的辦法，編一本《中國的一日》。茅盾選定當年的 5 月 21 日為題，向全國各地的各界人士徵稿，要求他們寫在這一天的所見所聞與所得的印象寫成文章。從 4 月中旬的開始籌畫，到刊登徵文啟示，再到最後編輯成書，一

共花了四個多月的時間，從 3000 多篇、600 萬字的來稿中選出近 500 篇計 80 萬字的文章集爲一冊，其中所需付出的大量勞動可以想見。但除了有孔另境一人擔任助手外，此項工作全由茅盾一手完成。此書的內容極爲廣泛，反映了當時帝國主義的侵略，國民黨政府的倒行逆施，農村經濟的破產，都市生活的混亂不安，失業民眾在饑餓線上的掙扎，以及廣大人民爲生存和自由而進行的鬥爭。「在這醜惡與聖潔，光明與黑暗交織著的『橫斷面』上，我們看出了樂觀，看出了希望，看出了人民大眾的覺醒。」（茅盾《關於編輯〈中國的一日〉的經過》）此書由生活書店於當年 9 月 15 日出版，引起了廣泛的影響。

剛剛編完《中國的一日》，又有生活書店的徐伯昕找上門來，請他寫一本有關小說創作方法的書，作爲《青年自學叢書》的一種。茅盾推辭不成，便又用了一個星期時間，一口氣寫下了三萬字的《創作的準備》，從學習與摹仿、基本練習、收集材料、人物、環境等八個方面，將自己多年來的創作體會以通俗的文筆介紹給青年讀者。由於茅盾的小說創作尤其是長篇小說創作在新文學中的突出地位和廣泛影響，此書一出，不幾日第一版就被搶售一空。

轉眼已是 10 月上旬，茅盾得悉在老家的母親有病，便決定回鄉一次，一則伺候母親，二來打算開始長篇小說《先驅者》的寫作。按茅盾的構思，這部小說將以中國革命的啓蒙時期即辛亥革命和五四運動爲歷史背景，描寫那些「獻身革命的無名先驅者的故事」，「我以爲這個題材還沒有人寫過，而且我們不寫，等到下一代就更難寫了」（《我走過的道路》）。他的這個計畫已醞釀了兩三年，只因文壇的紛爭使他無法定下心來。現在兩個口號之爭已基本結束，總算可以坐下來寫作了。不料，當他回到烏鎮老家時，卻因長期勞頓和旅途的顛簸而病倒了，失眠，便秘使痔瘡發作，只能成天躺著。也就在這時候，突然收到妻子孔德沚於 19 日下午從上海打來的電報：「周已故速歸。」這真是晴天霹靂！他無法相信魯迅先生就這樣突然去世了。

10 月初時，茅盾還陪同《中國呼聲》的編者格蘭尼奇去看望魯迅，還給魯迅照了像。他們見魯迅已恢復健康，與過去一樣地談笑風生。格蘭尼奇還對茅盾說：今天看見魯迅的臉色和精神比我意想中的要好些，可是他若不趕緊轉地療養，總是危險的。10 月 10 日，茅盾去上海大戲院看蘇聯電影《杜勃洛斯基》，在戲院遇見魯迅，見他的精神依然很好，茅盾再次勸他轉地療養，他連聽都不要聽，趕忙轉到別的話題上去了。三天後，茅盾給魯迅去了一信，

告訴他自己將去烏鎮老家小住一陣，看能不能開始長篇小說的寫作，希望魯迅多注意休息，最好還是趕緊去蘇聯或日本療養。魯迅還給他回了信。可才過了一個星期，「魯迅」怎麼就故去了呢！茅盾真想立即返回上海，真希望這可怕的消息不是真的。無奈痔瘡疼得鑽心，連翻身都得小心翼翼，勉強下床走幾步，痛得渾身冒汗，怎麼坐得了一天的船呢？他只好重新回到床上躺下，疾病與悲哀同時撕絞著他的身心。他回想起自己與魯迅近十年來的交往所建立的兄弟般的友誼，魯迅的音容笑貌一一在眼前浮現，一股極度的哀痛之情淹沒了茅盾：自己為什麼偏偏在這個時候返鄉探親，又偏偏在這個時候病臥不起呢？以致於在魯迅臨終前竟不能守候在身邊，就連他的遺容也不能看上一眼，天意何其不近人情啊！

三四天後，茅盾剛勉強可以走動，便匆匆趕回上海，在孔德沚的陪同下，來到萬國公墓的魯迅墓地致哀。

魯迅逝世後的一段時間裡，上海的文壇尤其是左翼文壇則顯得有些沉悶，這有幾個方面的原因：主帥不在了，大家好似「群龍無首」；左聯解散後，雖然成立了文藝家協會，但實際上未做什麼工作，因而作家的活動一時也沒有了組織；文壇內部的矛盾、分歧和宗派情緒仍然存在，它使人焦慮，也令人灰心。面對這樣的左翼文藝現狀，茅盾與馮雪峰交談過多次，感到必須儘快設法改變這種沉悶的局面。茅盾建議應該為作家們組織一些活動，使他們加強聯繫，交流感情，以利於創作和批評的開展。

不久發生了震驚中外的西安事變。蔣介石被迫在國共兩黨「停止內戰，一致抗日」的聲明上簽了字。西安事變的和平解決給國內的政治形勢帶來了新的轉機。雖然蔣介石從西安回到南京後，驚魂稍定便發表了「對張楊訓話」，囚禁了張學良，逼楊虎城「出國考察」，並調離分化了東北、西北軍，但陝西方面的內戰終於悄悄停息下來。國民黨在次年 2 月初召開的五屆三中全會的決議案中，也有了「開放黨禁」、「言論自由」的表示，雖然實際上仍是嘴上說說，並無實際行動，但緊張的政治空氣畢竟稍稍緩和了一些。至少在茅盾的感受中，他在上海的住址不再像從前那樣需要謹慎地保密，許多青年作家都可以隨便來走動了。

自魯迅逝世後，茅盾便在上海的左翼作家隊伍中成為一個相對的核心，這當然沒有誰去論資排輩地推舉，這是因他在文學創作和文學批評等活動中的貢獻和影響而自然形成的。在與茅盾交往的作家中，有沙汀、艾蕪、蔣牧

良等老相識，也有端木蕻良、駱賓基、蕭軍、蕭紅等新朋友。在當時任中共上海辦事處副主任的馮雪峰的主持下，茅盾與沙汀、艾蕪等作家商議，主持組織了一個聚餐會：每週或每兩周聚會一次，定名為「月曜會」；每次聚會沒有預定的題目，政治形勢、文壇動態、文藝思潮、社會見聞、作家作品，海闊天空，都可以談。這個「月曜會」始於 1937 年春，到「八一三」上海抗戰爆發後，就被迫停止了。經常參加的有張天翼、沙汀、艾蕪、陳白塵、王任叔（巴人）、端木蕻良等。茅盾還將《文學》雜誌編輯王統照請來，對青年作家在來稿中存在的毛病提出意見，幫助他們提高作品質量，同時也為《文學》開闢了新的稿源。這個「月曜會」雖然參加的人數不是很多，活動的時間也不長，但在培養青年作家方面，還是起了很大的作用。當年聚餐會的參與者陳白塵，後來曾深情地回憶起茅盾當時的風采：「那天，他身御淺灰長衫，足登便鞋，周身上下樸素整潔，在這十里洋場上，卻似一塵不染，溫文儒雅，飄然而至！真是文如其人。沒有任何形式，誰也無拘無束，我們都圍他而坐，隨便而談，……茅公每問必答，自然地形成了中心。他那較重的浙江桐鄉的鄉音和輕微的口吃，並不妨礙他談笑風生，娓娓動聽。我們這一群，當年的青年，真是如坐春風啊！」陳白塵十分感念茅盾當年的獎掖與鼓勵，使他堅定了終身從事創作的信念，稱茅盾是「30 年代作家們的導師」（《中國作家的導師》，載《青春》1981 年第 5 期）。

　　組織「月曜會」活動同時，在馮雪峰的支持下，茅盾還建議以叢書的形式出版了《工作與學習叢刊》。當時若要新出一種雜誌，必須先到國民黨上海市政府的新聞檢查處備案和到工部局去登記，常常又被藉故拖延甚至不准，而書店出新書則不必經此手續。此《叢刊》後來由胡風具體編輯，天馬書店出版，前後共出四輯：《二三事》、《原野》、《收穫》和《黎明》，在每一輯上，茅盾都有雜文或書評。在積極為青年作者開闢發表園地的同時，茅盾仍然注意發現和培養青年作者，這是他這幾年間文學批評工作的側重點之一。葉紫、張天翼、吳組緗、彭家煌、黎錦明、田間、臧克家、周文、端木蕻良、駱賓基等人的作品，都曾得到茅盾的推薦和好評。

三

　　1937 年後的國內形勢，真似急風驟雨。北平盧溝橋「七七」事變後，日本帝國主義的侵華戰爭全面展開。10 天後，蔣介石被迫在盧山發表談話，宣

佈對日宣戰。同時，全國各地各界人士的抗日呼聲也進一步高漲。在文藝界，繼中國劇作者協會在上海成立後，上海市文藝界救亡協會又於 7 月底成立。

此時，上海的戰爭氣氛一日緊似一日。駐守在東部沿海及長江、吳淞口一帶的日軍，隨時都有進軍市區的可能。從 8 月 10 日起，閘北、虹口和楊浦一帶的難民洪流，開始朝租界滾滾而來。12 日，孔德沚焦急地告訴茅盾：外面正在傳言，仗一打起來，日本兵就要進駐外國租界越界築路的地段，而他們所在的信義村，正屬於這一範圍。爲了防備不測，孔德沚自告奮勇去開明書店總廠搬運存放在那裡的一些書，這是他們從大陸新村遷出時，臨時寄放在那裡的。但因爲戰爭已經逼在眉睫，全城已經出現慌亂，孔德沚無法租到車子和箱子，只得先將兩皮箱細軟從家裡運到租界的親戚家中。

第二天上午 9 時許，閘北方向傳來了激烈的槍聲，空氣頓時張起來，戰爭的火焰終於就要漫及家門了，茅盾放下手中的筆，心中感到一陣莫名的衝動，這時的情緒裡沒有驚慌、恐懼，有的只是難以言說的悲壯感和急欲縱身投入的激動，這種激動他在以前也曾經歷過，那是在十年前的大革命高潮時，他正是懷著投身時代風暴的激情，登上赴武漢的江輪的。但眼前的這場戰爭規模顯然是空前的，它將決定著中華民族和每一個中國人的命運。

茅盾興奮地走上街頭，朝開明書店總廠的方向走去。他想碰碰運氣，看能不能將那些書運出來，放到一個較爲安全的所在，哪怕搬出一部分也好。但他也知道，戰爭眞正打起來後，生命也往往形同芥末，何況這些身外之物呢！現在的中國又有什麼地方可以避開這場漫天大火呢？其實，他更是想在戰爭開始的一刹那，親自體驗和證實一下，一個從未有過的時代是否眞的到來了。大街上的人們一個個形色匆匆，每個人的臉上都有一種異樣的神色，像是恐慌，又像是迷茫，似乎還有一種莊嚴。就連那些外資買辦、商行老闆、太太小姐模樣的人，也失去了往日的高貴和悠閒。茅盾清楚地意識到，在這場全民族的戰爭中，知識份子再也難有一個安放書桌的亭子間，可以靜靜地讀書寫作了。

14 日那天是星期六，「月曜會」照例有一次聚餐會。這次到會的人比以往要多，戰爭剛剛打響，大家都急於交流對時局的看法。茅盾已在前一天晚上從來訪的鄭振鐸處得知，市政府已決定對民間的抗日救亡活動採取開放的政策，各種救亡團體，只要向政府登記，就可以公開活動。談話很快集中到戰

爭時期作家、文藝家的任務及如何活動等問題上來，大家都主張：在必要的時候，每人都要有拿起槍來的決心，但在目前，文藝家手中的武器就是手中的筆，「我們要用他來描繪抗日戰士的英姿，用它來喊出四萬萬同胞保衛國土的決心，也用它來揭露漢奸、親日派的醜惡嘴臉。但我們的工作崗位將不在亭子間，而是前線、慰勞隊、流動劇團、工廠等等」。談到出版物，大家都覺得有必要辦一個適應戰時需要、能夠迅速傳播作家們的抗日呼聲的小型刊物，並希望由茅盾來主編。茅盾也當仁不讓，當天下午便與馮雪峰一起找巴金，當晚又去找黎烈文，第二天又去見王統照，經商議決定，以準備停刊的《文學》、《中流》、《文叢》、《譯文》四個刊物同仁的名義，創辦一個雜誌，資金由四個刊物的同仁自籌；茅盾還倡議：所有來稿，一律不付稿酬，全部盡義務。這一倡議很快受到一致贊同；刊名定為《吶喊》，由茅盾主編並撰寫發刊詞。還約請鄭振鐸、鄒韜奮等一起撰稿。25 日，《吶喊》創刊號出版，封面上印著「『文學社』、『文季社』、『中流社』、『譯文社』合編」的字樣。茅盾在發刊詞中說道：滬戰已經發生，四社同仁將為我前方忠勇之將士，後方義憤之民眾，奮起禿筆，吶喊助威。大時代已經到來了！民族解放的神聖戰爭要求每一個不願做亡國奴的人貢獻他的力量，中華民族的每一個兒女趕快從容不迫地站上各自的崗位！

在戰爭爆發，許多大型刊物相繼停刊之際，《吶喊》（第三期起改為《烽火》）與《救亡日報》（社長郭沫若，主編夏衍）、《抗戰》（三日刊，主編鄒韜奮）等相互配合，在喚起大眾，推進抗日救亡運動中起了很大的作用。

滬戰開始後，看來上海是不能久居了。於是茅盾在 10 月初先將一兒一女送往長沙的朋友家寄居。而當他在 11 月初的歸途中輾轉至杭州時，滬杭列車已經停開，原來日軍已從金山衛登陸了。12 日晚上燈時分，茅盾好不容易回到信義村的家中，推門進屋，只見妻子一個人抱著小貓坐在沙發裡發愣，旁邊的收音機沙沙地響著。她一見茅盾，便跳起來高叫：好了，好了，回來了，總算回來了。接著就是一連串的問題：你是怎樣回來的？孩子們好嗎？路上走了幾天？吃過飯沒有？又說，這幾天把我擔心死了，現在好了，心裡的石頭落地了。我給你去燒水你洗個澡吧！茅盾說：不，洗澡先不忙，我還一天沒吃東西呢，先做飯吧。孔德沚應聲奔進廚房，一會兒又奔出來，說：剛剛廣播，我軍已經撤出上海了。

也就是說，整個上海，除了那幾個小小的租界地外，已經全部淪陷了。

茅盾將疲憊的身子坐進椅子裡，望著窗外昏黑的夜空，孩子們不在家，周圍特別清靜，遠處傳來隱隱的槍炮聲，又像是汽車馬達的轟鳴聲。廚房裡妻子正忙著做飯。茅盾知道，瘋狂的戰爭風暴很快會將身邊的這片寧靜吞沒，在以後的漫長歲月裡，他們夫婦將相依相攜，共同經受暴風雨的沖刷了。

第二天，茅盾夫婦一面從西郊的極司菲爾路信義村搬出，到地處「孤島」的法租界的一位朋友家暫住；一面託人購買去香港的船票。這時候的香港，將成為全國抗日救亡文化的一個後方基地。

這年年底，茅盾攜妻子孔德沚登上了去香港的輪船，離開了生活、工作和戰鬥了 20 年的上海。「上海可以說是我的第二故鄉，在這裡我開始了對人生真諦的探索，也是在這裡我選擇了莊嚴的工作。現在我要離去了，為了祖國神聖的事業。但是我還要回來的，一定會回來！（《烽火連天的日子——回憶錄（二十一）》）

茅盾再一次回到他的第二故鄉上海，已經是抗戰勝利之後的 1946 年。在這段歲月裡，整個中華民族陷於全面的殘酷的戰爭災難之中；而對茅盾的個人歷史來說，那也是一個漫長的顛沛流離，富於傳奇色彩，又充滿了艱難險厄的時期，他的足跡所至，遍及了大半個中國，新疆、西安、延安、重慶、桂林、武漢、香港、廣州，都留下了他的身影。從下面所列的簡單的時間表中，可以看到他在這一時期漂泊、奮鬥的歷程：

1938 年 2 月，茅盾夫婦幾經轉折來到香港，住九龍尖沙咀。他創刊與主持了《文藝陣地》和《立報‧言林》副刊，歷時近一年；

1938 年底，應邀赴新疆迪化任教於新疆學院。後新疆督辦盛世才一改開明進步的姿態，對茅盾等左翼文化人士暗起殺機，茅盾借機於 1940 年 5 月逃脫虎口，其間歷時近一年半；

1940 年 5 月 26 日，茅盾經西安到達革命聖地延安，受到延安各界人士的歡迎，在延安「魯藝」講學並參加其他文化活動，歷時 5 個月；

同年 10 月初，受黨組織派遣赴重慶參加「文化工作委員會」的工作。期間主編《文藝陣地》，創辦《筆談》（雜文半月刊），歷時 3 個月；

1941 年 2 月，受周恩來派遣，經桂林第二次赴香港，直至香港淪陷，歷時 10 個月；

1942 年 3 月，茅盾衝破日軍的重重封鎖抵達桂林，繼續從事抗日救亡工作，並完成《霜葉紅似二月花》等作品的創作，歷時 9 個月；

　　同年底，再次來到「陪都」重慶，在國民黨特務的嚴密監視下從事救亡活動，直至抗戰勝利後的 1946 年，歷時三年多。

　　1946 年 3 月，內戰陰雲再起。茅盾離開了生活與戰鬥了三年多的重慶，經廣州，取道香港，回到了闊別九個年頭的上海。在離開上海的這八年半裡，他始終惦念著淪於戰火中的上海，那裡有他的家，有他所熟悉的一切，長眠著魯迅先生的英魂。他這時期所從事的文化和社會活動，也與上海發生著各種各樣的關係，他所主編的刊物在上海印行（《文藝陣地》），他的作品取材於他所熟悉的上海（《第一階段的故事》、《時間的記錄》），他的作品在上海出版（《腐蝕》等）。回到上海後，茅盾一家重新住進了施高塔路（現山陰路）的大陸新村，斜對面即是魯迅故居。

　　茅盾重返滬上，原計劃在生活安定下來後，繼續《霜葉紅似二月花》的創作，並改寫《走在崗位》。但不久，蔣介石發動的全面內戰爆發，國統區的法西斯統治又強化了，同時，反內戰、爭民主的運動又在各地掀起，茅盾自然又不能關起門來寫作了。一位記者說：「我每次看見他，或者別人每次看見他，他所談的總是時事，總是美國對華政策，等等。他所寫的，也多半是抗議、哀悼之類。這種環境，這種氣氛，怎麼能叫一個生活在現實中的作家進行創作呢？」（《茅盾先生說》，《文匯報》1946 年 5 月 28 日）茅盾以高昂的熱情，再次投入文化宣傳和抗議活動之中。

　　6 月間，茅盾和上海文化界人士一起，以「上書」蔣介石、馬歇爾及開展各黨派的合法鬥爭的方式，反對內戰，呼籲和平，體現了一個知識份子的社會良知。7 月，茅盾等又致電國際人權保障會，控訴國民黨特務殺害民主人士李公樸、聞一多的罪行。10 月，茅盾與沈鈞儒等發表《我們要求政府切實保障言論自由》，抨擊了國民黨的法西斯統治。茅盾還多次發表演講。11 月初，茅盾應邀去復旦大學演講，他面對台下一雙雙年輕的眼睛，沉痛地呼籲：「現在的中國是處在光明與黑暗的交叉路口，我們樂觀，因為光明在望，然而我們卻得準備迎接更大的黑暗的來臨。這是一個鬥爭的時代，你們將會從痛苦的經驗中獲得洗疏；這是一個產生偉大作家的時代，今後的中國是依靠你們，不要放棄這黃金時代，願你們努力。」

　　慷慨激昂的演講，使不少學生都感動得落淚。茅盾從那些年輕人身上，似乎又看到大革命時代自己的影子。但他覺得，這些年輕人比當年的自己要幸運得多，雖然目前的現實仍是陰霾滿天，但民族新生的曙光畢竟已經隱約在望了。

12 月 5 日，茅盾夫婦登上了蘇聯輪船「斯摩爾納號」，應蘇聯對外文化協會的邀請，作爲中國第一位被邀請的作家赴蘇聯訪問（郭沫若曾以科學家身份，於 1945 年應邀訪蘇），文化界對之特別重視。臨行前，上海的各文化團體和有關單位紛紛爲他餞行，其中包括大地書屋、開明書店、中蘇文化協會上海分會、蘇聯領事館、中共駐滬辦事處等，尤其是 24 日在八仙橋青年會由中華全國文藝協會、劇協、音協、木協、漫協、詩音協、學術聯誼會、雜誌界聯誼會、新出版業聯誼會等十個民間文藝團體聯合舉行的歡送會場面最爲盛大，各界人士共二百餘人出席，與會者都發表了熱情洋溢的臨別贈言。

茅盾那天的心情十分激動，他在致答辭時說道：「去蘇聯觀光是我二十年來的宿望。朋友們收集的豐富的藝術作品和材料，我一定完全帶去，我也一定把能帶回來的寶貴東西都帶回來。我們現在去是冬天，回來應該是春天了，但那時中國是否已是春天尚不能預料，我相信蘇聯人民會給我許多『熱』，幫助我們度過冬天，我就是要去把這『熱』帶回來，讓寒冬早點過去。」

當天又有郭沫若、葉聖陶、戈寶權、臧克家等朋友前來送行，爲了表示對朋友們的感激之情，茅盾當即寫下了幾句臨別贈言：「離開了這麼多敬愛的師友，雖然我是到溫暖自由的天地去，我的心情是難過的，我依依不捨，因爲你們將在祖國度過陰暗的季候，謝謝我的敬愛的師友，爲了你們給我的友愛和鼓勵。」

輪船緩緩地離開碼頭，向吳淞口方向駛去。茅盾看看身邊朋友們送的花籃，望望浦江兩岸的景色，心情難以平靜。他並不是第一次離開上海，但這一次不僅是遠離他的第二故鄉，而且是遠離祖國，還是代表了中國的左翼和進步文化界去訪問紅色的蘇聯。多災多難的祖國啊，你何時能以雄健的姿態躋身於世界民族之林？上海啊，待我重回你的懷抱時，你該是春光怡人了吧？

但當茅盾夫婦在五個月後重新登上上海碼頭時，時令雖已是春季，上海的政治氣候卻仍處嚴冬料峭之中。

1947 年春夏之間，伴隨著在軍事上的屢屢失利，蔣介石政府在國統區的統治進一步強化，頒佈了所謂「戡亂動員會」，《文匯報》、《民主》、《週報》等具有廣泛影響的報刊先後被停刊，工人、學生和愛國民主人士遭到瘋狂迫害。這時候，茅盾已不可能寫作和發表抨擊劣政、針砭時弊的雜文了，他便集中精力整理從蘇聯帶回來的材料，撰寫了一批訪蘇見聞，陸續交給一些報刊發表，後結集爲《蘇聯見聞錄》，於 1948 年出版。

　　這時候的上海，正處於黎明前的黑暗之中，國民黨當局對進步民主人士的迫害幾近於歇斯底里。茅盾與其他許多在上海的作家，不久便只好再次撤離。

　　從 5 月份訪蘇歸來起，茅盾在上海僅僅過了半年。11 月底的一個月黑風高之夜，茅盾與葉以群一起，悄悄地登上了開往香港的輪船。與半年前離滬的情景相比，這一次碼頭上沒有了鮮花，沒有了朋友們的笑臉，有的只是黑漆漆的恐怖而蕭殺的夜色。但茅盾堅信，黎明的曙光就快要到來了。他望著漸漸離去的這個燈火闌珊的城市，默默地說道：再見吧，上海，我的第二故鄉，很快我會爲你迎來一個明媚的早晨！

結　語

　　自從 1916 年的夏天，20 歲的沈雁冰隻身一人，懷揣著一紙薦書踏上陌生的上海灘，到 1948 年底 52 歲的茅盾在新中國的黎明到來之前離開上海，三十多年的人生歲月，有三分之二的時間是在上海度過的。

　　在這三十多年的人生旅途中，茅盾從一個北京大學的預科畢業生，成爲中國共產黨最早的一批黨員之一，一度專注於中國共產黨的早期政治鬥爭和文化工作，最後成長爲中國新文學史上一位著名的革命作家、文學批評家，一位社會活動和文化活動家，中國左翼文藝隊伍中除魯迅之外影響最大、成就最爲卓著的成員之一，成爲新中國文化與文藝事業的第一代領導人。

　　所有這一切，都與上海這個現代都市有著十分密切的關係。在 20 至 40 年代，特別是在 30 年代，上海所具有的獨特的經濟、政治和人文環境，及其在中國乃至在東西方文化交往中的重要地位，爲茅盾提供了一個色彩斑斕的人生舞臺和許多難得的成長條件與發展機遇；而茅盾自身的天資、勤奮和卓越的創造力，也爲這一時期的上海文化添上了濃墨重彩的一筆：他在這裡先後主持了多種在新文學史上影響重大的文學雜誌，寫下了大量的文學評論和社會批評文章，譯介了許多西方文學思潮和作家作品；他的長篇小說《子夜》更爲二三十年代之交的舊上海提供了一個規模宏大、形象生動的歷史記錄。要是沒有茅盾那活躍的身姿，這時期的上海文壇一定會遜色不少。作為一個普通人，茅盾從浙江桐鄉的一個小鎮，來到這個東方大都市謀生立足，成家立業，生兒育女，從寶山路的鴻興坊，到北四川路的景雲里，從靜安寺到愚園路，從極司菲爾路的信義村到施高塔路的大陸新村，都留下了他的足跡和瘦弱、忙碌的身影。雖然在這三十多年間，他也有幾次短暫或並不短暫的遠

行，但一旦條件許可，茅盾又會回到這個五方雜處、熙熙攘攘的城市。總之，他一生的命運，與這個都市結下了不解之緣，因而，他也視這裡爲自己的第二故鄉。

1948 年底，茅盾應中共中央的邀請，與其他在香港的民主人士一起，輾轉來到已經回到人民手中的北平，參加由中國共產黨發起的新政治協商會議的籌備工作。從此，他的文學和政治生涯又隨著新中國的誕生而進入了一個新的歷史時期。他被推舉爲全國政治協商會議常務委員會委員，全國文學藝術聯合會副主席和中國作家協會主席，後又出任了新中國的第一任文化部長，以後他長期工作和生活在北京，中間只因工作關係，在上海作過一些短暫的停留。

與此同時，隨著歷史新時期的到來，上海這個城市也發生了翻天覆地的變化。這個中國第一大都市也改變了其原有的政治、經濟和文化的特殊環境，從而納入了新中國文化的一體化格局和潮流之中。茅盾作爲新中國文化和文學事業的主要領導人之一，他與上海的文化建設和發展仍有著密切的聯繫，他對這個第二故鄉始終有著一份特別的感情，給予認眞的關注。建國初期，他曾作爲上海市文聯的一名理事，專程出席了第一屆上海市文代會。作爲一個著名的文學批評家，他在 50 年代末對青年女作家茹志鵑發表在一份並不起眼的雜誌上的短篇小說《百合花》的熱情肯定和辯護，不僅鼓舞了這位上海作家繼續文學創作的信心，之後成長爲上海文壇和全國文壇在某一時期的重要作家，也對推動新中國文學特別是短篇小說的繁榮，對豐富 17 年中國文學的風格形式有著重要的意義；即使從較爲狹隘的意義上說，似乎也意味著這位中國現代文學的巨匠與上海這個城市間的因緣關係的延續。

後 記

　　中國文人歷來重視自己的名號，並在其中隱寓了自己的心志。現代作家同樣多用筆名，且很多人都以筆名行世，「魯、郭、茅、巴、老、曹」中，似乎只有郭沫若一人可以算得是本名，此其一；其二是筆名多，一個作家往往有許多筆名，筆名之多雖然主要是爲了在尖銳的政治衝突中求得生存和言論的權力，但其中同樣也隱含了對文人名號傳統的繼承，作家在何種情況下用什麼樣的筆名，以及對筆名的各種闡釋，都可以折射出他的內心世界。

　　關於「茅盾」這一筆名的矛盾寓意不僅茅盾本人曾反覆申明，也已爲文學史公認。自從 1927 年 9 月在《小說月報》上發表小說《幻滅》起，他就主要以「茅盾」和「沈雁冰」這兩個名字行世，也許是由於作爲一個新文學作家和評論家，他贏得了太多的聲譽，久而久之，其本名「沈雁冰」反而較少爲人所知了。其實，無論在 1927 年之前還是之後，茅盾在發表譯著文章時，除了他的本名沈雁冰（包括雁冰、冰）和原名沈德鴻之外，還曾用過不止一個筆名，使用較多的如玄珠、冬芬、佩韋、陽秋、微明、丙申等等，統共不下幾十個，但其中「茅盾」無疑是影響最大的一個，不僅已經爲讀者所接受，也最爲本人所珍愛。到 40 年代的抗日戰爭時期，「茅盾」這一名字已經通行天下，並蓋過了他的本名，其標誌就是他被文壇尊稱爲「茅公」。

　　早年曾與茅盾一起從事政治活動，在一個支部共事過的鄭超麟先生，晚年談起對茅盾的印象時，劈頭就是這樣一句話：我只認識「沈雁冰」，不認識「茅盾」。此話說出了兩層意思，既道出了他對茅盾一生的基本判斷，說明茅盾在現代中國歷史中的兩重身份，一個是新文學作家──這是爲我們所熟知的；另一個則是政治活動家──這一點知道的人要少得多了。同時，此話也說出了鄭超麟作爲一個政治活動家身份的自我確認。這並不是說他不知道鼎

鼎大名的左翼作家茅盾是誰，而是說他所交往和了解的只是茅盾早年作為中共早期政治活動參與者的一面，而對作為左翼作家的一面則因交往不多而所知甚少。這同時也提醒我，對茅盾的全面認識不應局限於新文學領域，而應放在中國現代歷史和文化發展的整體中加以考察。事實上茅盾本人對自己署名的態度也在某種程度上印證了這種社會身份的區分。他在 1981 年 3 月 14 日的臨終之際給中共中央的信中，提出了恢復自己黨籍的請求，署名是「沈雁冰」，而在同日致中國作家協會的關於捐款設立長篇小說獎金的信末署名是「茅盾」。一個是作為政治身份的「沈雁冰」，一個是作家茅盾，這似乎也蘊涵了他在離開這個世界時對自己的一生在兩個角度的評判。

當我把這些或者來自別人，或者來自茅盾自己的判斷和用意，與他本人在政治和文學活動的追求中所一再顯現的矛盾心態聯繫在一起時，似乎可以隱隱約約地窺見他幾十年的奮鬥掙扎的心靈軌跡。在構成他一生追求的理想中，一個是政治家沈雁冰，一個是作家茅盾，在大半個世紀風雲變幻的中國歷史進程中，這兩種角色、兩種身份之間形成了長期的內在衝突。他既有作家的敏感氣質，又有強烈的政治抱負；他有意於作為一個政治家參與 20 世紀中國現實的變革，即使是他早期的許多文化活動也是意在社會變革，但他無意間卻終於成了一個文人，並作為一個新文學著名左翼作家在現代中國文化和文學的發展中產生了重大的影響，直到 30 年代享譽文壇之後，他的政治抱負仍沒有完全偃息。從 20 世紀中國的文化歷史看，這種現象不惟體現在茅盾一個人身上，它也是客觀的歷史文化現實對中國現代知識份子的一種無形的制約力量，但同時也與主體的內在選擇有著重要的聯繫。這樣，在他的政治與文學活動之間，必然存在著種種外在的和內在的聯繫；一方面，他在政治活動中的挫折必然會反映到他的文學創作中，體現為文學創作的獨特的取材、敘述角度和審美特徵，也體現為對這種藝術個性有意無意的遮掩、修改甚至是自我扼殺，政治活動為他獲得了進入文學寫作的獨特途徑，而政治和革命的志向、衝動和功利性要求也影響了這種藝術個性的完善、發揮和顯現；另一方面，文學家的藝術敏感和冷靜超越的觀察、思考習慣，又在一定程度上妨礙了作為一個政治革命家必須具備的講求實際和果斷行事的品格養成和貫徹。這種內在的矛盾衝突，貫穿了茅盾的一生，在他的文學創作和批評中也都有著一貫的體現，而這種體現的最好的濃縮和象徵，無疑就是「茅盾」這個筆名和作家本人所賦予的內在意蘊了。

　　再進一步推敲，不管是政治與文學的交錯、矛盾和衝突，還是這種衝突在文學中的體現，不管是政治家和文學家雙重身份的茅盾，還是作家茅盾的心路歷程和文學寫作中所體現出來的內在矛盾，它們所產生的外在背景，它們所展開的活動空間，它們所選取的具體材料，都與上海這個現代都市，特別是二三十年代舊上海的多元化文化發展空間有著密不可分的關係，即使是在作為主體選擇和追求的成分中，其起重大作用的個人氣質和性格的形成，也與所處的外在物質和文化環境緊密相連，而茅盾本人的主體努力和實踐活動，作為一種文化現實又對這個城市乃至全國的新文化發展產生了重要的影響。我對茅盾的認識，對茅盾與上海這個現代開放城市之間關係的認識，就是居於這樣的前提。

　　本書的敘述按照茅盾在上海居住的時間次序分成三個部分，雖然從時間跨度來看，第二編只有四年左右，而且即使在這短短的四年裡，茅盾也幾度出入上海，這與前後兩編相比似乎不太相稱，但居於茅盾一生心路歷程的內在線索看，這四年卻是他在「驚濤駭浪」（王曉明先生語）的現實中重新選擇自己的人生追求的重要時期，也是作家茅盾的誕生時期，其實仔細分辨，茅盾一生的內心矛盾在這一時期的活動中都已有所顯現。

　　按照《二十世紀文化名人與上海》叢書的體例要求，本書沒有對敘述中所引用的有關研究成果一一加注，而是在行文中注明出處，對重要的參考資料，我已在書後列出書目，在此謹向這些學術界的前輩和同行一併致謝。這裡特別要提起陳思和老師對我本書寫作的指導和幫助，就像我以前的其他學術類文字一樣，它們的誕生都與思和老師有關，這不是致謝一類的話所能表達的，我惟有不斷地警策自己，方才在面對他的寬容時少一分惶惑。最後還要感謝上海教育出版社的編輯朋友為本書的出版所付出的大量勞動，沒有他們認真細緻的工作，本書也不會以現在的面目與讀者見面。

　　　　　　　　　　　　　　2000 年元月 10 日於和平花苑

主要參考書目

1. 《我所走過的道路》上、中、下，茅盾著，人民文學出版社，1981、1984、1985 年。
2. 《茅盾年譜》上、下，唐金海、劉長鼎編，山西高校聯合出版社，1996年。
3. 《茅盾研究資料》，孫中田，查國華編，中國社會科學出版社，1983 年。
4. 《艱辛的人生──茅盾傳》，沈衛威著，上海文藝出版社，1994 年。
5. 《茅盾早期文藝思想研究》，楊揚著，華東師大出版社，1995 年。
6. 《1928：革命文學》，曠新年著，山東教育出版社，1998 年。
7. 《商務印書館九十年》，蔡元培等著，商務印書館，1987 年。
8. 《懷舊集》，鄭超麟著，東方出版社，1995 年。
9. 《從上海發現歷史》，忻平著，上海人民出版社，1997 年。